강정규 논픽션 소설

고난이 은총이었네

강정규 논픽션 소설

고난이 은총이었네

초판 1쇄 인쇄 2022년 11월 01일
초판 1쇄 발행 2022년 11월 11일

지은이 강정규
펴낸이 강정규
펴낸곳 시와 동화

등록번호 제2014-000004호
등록일자 2012년 6월 21일

주소 경기도 부천시 성주로 86-4, 104동 402호(송내동, 현대아파트)
전화 032-668-8521
이메일 kangjk41@hanmail.net

ISBN 978-89-98378-57-8 03810

이 책 제작비 일부로 부천시 문화예술발전기금을 받았습니다.

값은 뒤표지에 있습니다.

강정규 논픽션 소설

고난이 은총이었네

시와 동화

앞 이야기

「방화」1은 1969년 월간 《新東亞》 12월호에 게재됐던 것으로 그
해, 논픽션 공모에 당선된 작품이다. 1964년, 만기 제대 후 강원도
철원에서 시작한 청소년 야학운동 10년간의 초 중반 이야기가 그
중심 내용인데, 춥고 배고픈 시절이었는데도 지금 생각하면 아련
한 향수를 느끼게 된다. 지난 이야기는 그렇게 미화되는 모양이다.

「방화」2는 1973년부터 20여 년간 기독교 언론 《크리스챤신문》
재직 시절 이야기이다. 3, 40대 한창 나이로 그것도 7, 80년대의 그
엄혹한 시절, 현실과 이상 사이에서 젊은이라면 겪을 수밖에 없었
던 갈등과 선택의 기록이다. 《現代文學》 소설 추천과 후에 동화
작가가 된 문이령과 사이에 두 아들도 그 사이 얻게 되지만 사적
인 내용은 건너뛰었다.

끝으로 「우리들의 상수리나무」는 1997년부터 현재까지 발행되고 있는 ≪시와 동화≫ 이야기로, 가장 긴 기간이지만 짤막하게 마무리 했다. 이미 지령 100호를 넘기고 있는 잡지가 그 증거이고, 자세히 적기로 말하면 끝이 없기 때문이다.

　마지막으로, 이 모든 일은 내가 내 힘으로 이뤄진 게 아니라는 걸 나이 80이 넘어서야 뒤늦게 깨닫고 도움이 되어주신 이웃에게 감사의 인사를 드린다. 여기서 빠진 이야기는 일후에 만나게 될 아내의 『오래된 편지(가제)』가 상당 부분을 보충해 줄 것이다.

2022년 가을, 부천 송내동에서

강정규

차례

《시와 동화》 이야기

방화(放火) Ⅰ

서장(序章) 오뚜기 학교 개교

어머님!

제가 이 세상에 태어날 무렵 미국에서 출판된 '토마스 울프'의 『그대 다시는 돌아오지 못 하리』('You Can't Home Again')의 마지막에 다음과 같은 말이 있습니다.

"…… 밤중에 얼마 남지 않은 세월의 촛불을 태우면서 무엇인가가 나에게 말을 했소. 그것이 무엇인지 모르지만 내가 죽을 것이라는 것이었소. 더 큰 지식을 얻기 위해서 네가 알고 있는 이 땅을 잃어버릴 것, 더 큰 삶을 잃어버릴 것, 더 큰 사랑을 찾아서 네가 사랑하는 친구들을 버릴 것, 고향보다 정답고 이 지구보다도 더 큰 땅을 발견할 것."

어머님!

저는 이곳 '영웅의 집'을 떠납니다. 고향을 떠나고, 어머님 곁을 떠났듯, 다시 서울을 떠납니다. '영웅의 집'은 '죽음의 집'이었습니다. 세파에 몰려 패가하신 아버님께서 고향에 돌아가지 못하시듯, 저도 이대로는 집으로 돌아갈 수 없습니다.

다음에 그동안의 일들은 기록으로 남깁니다.

1965년 2월 28일 학사주점 낙서판에 '서울이여, 안녕'이라고 써 놓고 막차를 탈 때, 아무쪼록 성공을 빈다고 친구는 말했다.

버스에서 내렸을 때, 싸락눈이 날리는 밤바람 속을 "찹쌀떡 사려!"를 외치며 다가오는 놈은 중학교 진학을 못한 내동생. 흙이 내솟는 시멘트 알 바닥인 셋방, 꼬마들이 침을 삼키며 지켜보는 가운데, 엄마가 만든 찹쌀떡을 팔아 책을 사는 것이었다.

유학을 하신 아빠의 품팔이, 콧대가 세던 여동생의 식모살이, 고학으로 대학을 졸업하고 만기 제대 후 오랜만에 귀가한 나는 그 밤을 뜬눈으로 새웠다.

3월 1일. 흙을 파다 이겨 시멘트 방바닥이 아프리카 주 모양으로 깨져 흙이 패어 솟는 곳을 메우고, 국민학교 교과서를 뜯어 발라놓고는 여동생이 식모살이 하는 동송 고물상에 가 일을 시켜 달라고 간청했다.

던지는 철주(鐵柱)에 맞아 눈두덩이 터지고 철조망 가시에 찔려

손등에서 피가 흘렀지만 매운 눈보라 속을 밤 10시가 넘어 난생 처음으로 받은 80원의 반나절 노임을 꼭 쥐고 돌아오며 나는 기뻐서 울었다.

찹쌀떡을 팔고 온 동생은 「저 하늘에도 슬픔이」를 읽고 있었고, 녀석의 친구들은 「중학강의록(中學講義錄)」을 펴놓고 ABC를 연습하고 있었다.

제비도 아니 오는 수복지구(收復地區)의 3월, 함박눈이 펑펑 쏟아지는 밤은 조용히 깊어가고 있었다.

일요일. 쌓인 눈이 녹고 있었다.

햇살 또한 현란하게 누리를 선회하고 있었다.

동생에게 진학 못한 아이들을 모아 보라고 말하고, 교회에 가서 전도사를 만나 월화목금토, 예배 안 보는 5일간의 밤 시간에 장소를 빌리기로 했다.

중학교 교재를 재주껏 구하도록 하고 30명으로 개교한 '오뚜기 학교'.

부잣집 돼지나 먹는 양조장 술 찌꺼기를 사다가 당원(糖元) 넣고 끓여 먹고 식구 모두 취해 누웠다고 조퇴를 시켜달라는 놈. 탄피를 뽑다 손가락 두 개를 잃고 왼손 글씨를 멋지게 쓰는 녀석. 경상도 사투리를 고치지 못하는 갈래머리의 수줍음 많은 소녀. 수업 마치고 돌아오는 밤길에서 내 손을 서로 잡겠다고 싸우는 단발머리 여학생들. 포탄 껍질 종(鍾)을 망치로 땅땅 때려서 시작하고 끝나는 하루 세 시간 수업.

잠자고 일어나면 고물상 출근.

쓰지 못하게 되어 버려진 고물을 재생시키는 일을 돕고 하루 노임 1백 60원을 받는 것이 즐겁기도 했다. 그러나 서울로 빼내는 고물 트럭의 밑바닥에는 녹도 슬지 않은 탄알과 포장지도 안 벗긴 철조망, 그 위에 엿장수가 모아온 쇠붙이와 고무신짝과 깨진 유리병을 덮어씌우는데 점검 나온 헌병은 고물상 주인이 퍼 먹인 술에 취해 나자빠져 잠자고, 그의 국방색 잠바 주머니에는 두툼한 돈봉투가 끼워져 있었다.

무거운 탱크 바퀴를 들어 올리다 으깨진 손가락은, 찬물에 식혀도 식혀도 식지 않고 화끈거렸다. 대들어 받아 봐야 내 머리만 깨지는 바위, 그래서 고물상을 사직했다.

'오뚜기 학교'가 교실로 빌리고 있는 교회 전도사는, 어린 학생들에게 숫제 포교를 하려든다. 내 본래의 뜻에 어긋나고 있었다. 때마침 재건국민운동철원군위원회에서 재건학교 설립 교섭이 왔다.

제2장(第二章) 재건학교(再建學校)와 병합

6월 5일. 동송국민학교 교정에서 '동송재건학교' 개교.

재건청년회를 통하여 모집한 학생과 오뚜기 학교에서 옮겨온 학생을 합하여 90여 명이었다. 찬바람이 가신 산과 들엔 파릇파릇 새싹이 돋아나고 하늘에는 흰 구름이 유유한데 토요일 오후면 학교 뒤 잔디 언덕에 모여 재건체조를 하고, 국민학교 학생들이 교실을 비우면 수업을 시작한다.

일요일에는 종일 수업.

18년 만에 처음이라는 가뭄. 여자들이 모두 빨간 속바지를 해 입어도, 꺼멓게 몰려오던 비구름은 사람들 애간장만 태우고는 한 방울도 떨어뜨리지 않고 휴전선을 넘어 북쪽 하늘로 가 버리곤 했다.

수복지구의 공짜 땅을 얻어 부자가 되려고 고향을 떠나 이곳에 온 사람들은, 너나할 것 없이 모두 털어먹고 거덜나서 떠나는 이가 많다. 부모들이 떠나니 학생들도 떠나야만 했다. 떠나고 보내는 애들은 울어도 논바닥은 흰 지도처럼 틈만 벌어졌다.

기다릴 때 오지 않던 비는 불필요한 장마를 몰고 와 집을 떠내려 보내고 감자밭을 휩쓸어 갔다. 가뭄으로 학우를 떠나보내던 애들이, 이번엔 저희들이 떠날 차례였다. 으레 한해(旱害) 후에는 수해(水害)가 겹치는 곳, 별난 혜택을 못 받는 수복지구도 한수해(旱水害)만은 빼놓지 않는 한국 땅의 한 구석이었다.

그러나 일했다. 수재민 돕기, 모내기 지원, 도로 복구, 그리고 아카시아씨를 채취하여 우리 교실을 세우기 위한 기금 마련. 그리고 또 여름 방학으로 비우는 교실을 이용하여 욕심껏 매일 수업을 했다.

어느새 산언덕에 들국화가 피었다. 그동안 지도해 온 문예반 학생들의 작품을 정리해 전람회도 열고, 가을 운동회도 하고 작품집 《오뚜기》를 창간. 나는 편집 후기에 아래와 같이 썼다.

"오뚜기, 이것은 쓰러뜨려도 다시 일어서는 우리의 얼이다. 초토(焦土)의 상흔(傷痕)을 파헤쳐야만 하루 몇 푼어치의 쇠붙이를 캐내 연명할 수 있는, 내던짐 당한 이곳의 버려진 동심들. 개똥참외씨가 덕지덕지 붙은 영양실조의 짱구배들이 미군 지프차를 보면 손 흔들어 껌을 얻어 씹으며, 북으로 끌려간 아빠와 땅에 묻힌 엄마를 그리며, 그들의 넋이 핀 들국화의 산언덕에 팔베개한 소녀의 이야기가 여기 있다. 우리 모두 절대로 쓰러지지 않는 오뚜기가 돼서, 언젠가는 곤두박질치며 춤출 날을 기다리며 살자."

그런대로 풍성했던 가을도 갔다.

전람회 때 와보신 도지사께서 약속한 '금일봉'은 감감무소식, 수행 기자들이 이렇게 저렇게 돕겠다고 떠들던 것도 종무소식. 재건학교 하면 월급 주느냐는 야유. 북풍은 나뭇잎만 굴리고, 전답 직파한 일곱 마지기는 한해수해(旱害水害)가 겹쳐 검불만 긁었다.

그러나, 내 처지와 손톱만큼도 다름없는 이들 불우한 형제들을 나마저 도외시한다면 누가 돌보겠는가. 408호 양곡 사업장에 나가 학생들과 함께 일하면서 배우는 재건학교.

성탄절을 전후하여 다시 전람회도 열고, 작품집《오뚜기》제2집 발간. 일선 장병 위문. 그리고 또다시 겨울 방학으로 비우는 국민학교 교실을 이용하여 떨면서 매일 수업.

1965년이 가는 것이었다.

1966년.

새해 벽두부터 가가호호 학생 모집 방문.

음력 섣달그믐. 집집마다 떡방아를 찧고 있었다. 고향의 할머님은 정거장 쪽 성황당 고개를 기적 소리 날 때마다 건너다보실 것이었다. 그러나 나는 서울로 일자리 찾아 떠나는, 함께 일하던 동지들만 보내고, 그럴수록 점점 꼭 매이게 되는 것이었다.

6월 5일. 개교 일주년. 서울서 초청해 온 작가 B씨의 문예 강연. 말끔히 하복으로 갈아입은 학생들의 교가 합창.

우리들은 자라는 푸른 솔이라

하늘의 흰 구름을 만지려는 젊은 꿈

그 꿈을 담뿍 안고 우거지는 숲이라

비바람 눈보라엔 더욱 푸른 솔이라

배우면서 일하자, 일하면서 배우자

온 나라 갈피갈피 밝게 비칠 우리들

사진 기자가 청소 도구함 위에 올라서서 플래시를 터뜨릴 때, 나는 비 오는 교실 밖으로 뛰어나가 감격에 울먹이며 하늘을 바라보았다. 빨간 칸나는 타는 듯, 비에 젖은 진초록 잎은 더구나 생기를 뿜으며 서 있었다.

재건국민운동중앙교육원에 입교하여 재건학교 지도교사 교육과정 수료.

여름 방학 동안 매일 수업.

여름이 가고, 가을이 가고 다시 겨울이 왔다. 제3회 시화전과 작품집 《오뚜기》 제3집 발간.

1967년 1월 1일

동송국민학교에 가서 재건학교 입학 지원자 파악. 내일부터 1개월간 겨울 방학으로 비우는 교실을 이용한 매일 수업이다. 우리는 왜 남들이 덥거나 추워서 방학할 때 공부해야 하나. 교실이 없기 때문이다. 정부에서 '일하는 해'로 정했다. 우리는 '우리 교실을 세우는 해'로 정하자. 군위원회가 자청하여 준다고 한 월동비는, 자청하여 약속한 도지사의 '금일봉'처럼 공수표일까.

1월 2일. 10시부터 오후 4시까지 혼자서 수업했다. 추워서 도저히 수업이 되지 않아 국민학교에서 나무를 빌려 땠다. 군위원회가 월동비를 준다고 하지 않았더라면 우리 힘으로 나무를 준비했을 텐데. 믿은 내가 잘못이지. 육군×사단 정훈부 P중위(中尉) 방문.

1월 3일. ×사단 정훈부 P중위가 수업을 도와주었다. 5시간 끝내고 요즘 강의를 못 나오는 수학 담당 B선생 방문. 먹고 살기 위해 19공탄 무쇠난로 하나를 의지해 만화방을 지키고 앉아 있는 노처녀. 측은했다. 저녁 식사 대접.

1월 6일. 일주일간 수업한 것 종합 테스트. 성적이 좋아 기뻤다. 그리고 지난해 재건국민운동중앙회가 발행하는 《국민신문》에 써 보낸 나의 수기(手記)가 예선 통과. 그래서 또 기뻤다.

1월 11일. 군(郡)위원회로부터 교과서 수령. 도지사의 '금일봉'도, 군으로부터의 월동비도 무소식. 학생들이 내 생일을 물어가더니 토정비결을 보아 왔다. 만사형통이란다. 학교 교실이 세워질까.

1월 12일. 《강원일보》에 우리 학교 기사가 났다. 나를 비행기 태웠다. 기분 좋다.

1월 13일. 수업하고 돌아오는 길에 재건국민운동중앙회 동송면 원원장을 만났다. "요새 잘 되나?" 할 뿐이었다. 그는 우리 학교 교장이기도 하다. 내일은 면장님에게 새해 인사를 가야지, 벼르지만, 일주간 학생들과 씨름하다 보면, 쉬는 날은 녹초다. 몸뚱이 여기저기 종기가 난다. 부스럼 약이라고 엄마가 개고기를 사다 주셨다. 옆집의 죽은 개라면서 엄마가 먼저 떠 잡순 다음 먹으라고 했다.

1월 15일. 영하 20도의 강추위. 기다리다 못해서 도지사에게 직접 편지를 썼다.

"금일봉이란 게 그런 공수표를 말하는 것입니까?"

정훈부 P중위의 배려로 학생들 영화 관람. 해토(解土)되면 흙벽돌을 찍어야지.

1월 16일. 동송국민학교에서 그동안 빌려 땐 나무를 개학을 앞두고 갚아 달라는데 걱정이다. 나무를 아끼려니 불을 피워도 연기만 날 뿐 자꾸 꺼지고, 나무만 더 소비된다. 종일 연기 맡으며 떨기만 하니 궁둥이 종기가 더욱 아파 앉지도 서지도 못하고 서성이며 강의. 대통령 연두교서 발표. 누가 더 일 하는가 내기해 보자.

1월 21일. 《강원일보》에 우리 학교 기사. 나를 과대평가한 글을 보고나니 옛날에 내가 읽고 감격했던 「상록수」들의 이야기에 대하여 의혹이 간다. 매스컴은 과장이 심해.

1월 24일. 빌려 땐 나무 갚아 달라는 독촉. 교실 빌리는 것도 미안한데 속이 탄다. 신입생 입학원서 등사.

1월 25일. 도지사에게 내가 보낸 편지 때문에 난리가 났다. 도에서는 그 즉시 송금한 것을 누가 중간에서 먹어 치웠던 모양이다. 그 돈을 당장 다시 올려 보내라는 도지사의 호통을 받은 군(郡)위원회는 나를 호통 치는 것이었다. 똥 묻은 개가 겨 묻은 개 나무라는 격.

1월 27일. 철원군지역사회단합대회 참석. 신임 군수영감이 오는 30일 나를 초대하겠다고 한다. 집에 돌아와 보니 도지사로부터 '금일봉'이 3년 만에 와있다. 참으로 말은 해야 맛이고, 고기는 씹어야 맛이라더니 그런가보다.

1월 28일. 학생들 자치회에서 우리가 나무를 해서 빌려 땐 것 갚아 선생님 걱정을 덜어 드리자고 결정. 이놈들아, P중위님이 부대에서 나무를 실어다 갚아 주신다고 했단다. 봄이 오면 교실이나 세우자. 눈병까지 난다.

1월 30일. 《국민신문》에 나의 수기 당선. 그리고 군수 영감 댁에 초대받아 갔더니, 이게 웬일이냐? 잘 먹고, 칭찬 듣고 지난 해 11월과 12월분 월급이라고 6천원을 쥐어주었다.

1월 31일. 겨울 방학을 이용한 매일 수업 마지막 날. 눈이 아파 어쩔 줄 모르면서 두 시간 수업하고 대청소를 하는데 학교까지 찾아온 면위원장이 내 월급 중 3천원은 재건국민운동 동송면위원회

정기 총회 및 조직 관리비라며 내놓으라고 했다. 주었다. '금일봉' 사건 이후 나를 대하는 눈치들이 이상하다. 작년에 학생들이 채취한 아카시아씨를 팔아 면위원장 이름으로 예금한 것을 달라고 했다. 나중에 오라면서, 도지사로부터 말썽부려 받은 '금일봉'은 무엇에 쓰겠느냐고 물었다. 학교를 만들겠다고 대답했다. 왜 혼자 맘대로 일을 하느냐는 것이었다. 수업하는 것은 아는 체도 않더니.

제3장(第三章) 계란으로 바위 치기

2월 14일.

이전에 받은 소정자(蘇貞子)씨의 수기 『내가 반역자냐?』를 한 권씩 자원 교사(自願敎師)들에게 주고 싶은데, 면위원장이 모두 선심 쓰는 모양이다. 생색낼 것은 모두 자기가 하고, 학교 살림은 본 체도 않고, 일선장병(一線將兵)에게 보낼 '땀받이' 모금은 나에게 맡기고, 아카시아씨 팔아 예금한 것은 자기 맘대로 찾아 쓰고, 내가 어디서 돈이나 빼먹지 않나 의심하고. 일하고, 의심받고 욕먹으며 동냥하는 것이 재건국민운동인가.

2월 17일. 궁둥이 종기 때문에 '땀받이' 모금을 못해 나의 1월분 활동비에서 할당액을 공제. 기막힌 일이다. 백묵도 사고, 물감 값도 갚아야 할 텐데.

2월 19일. 면위원장이 재건국민운동 핵심 요원 명단을 뽑아 오란다. 총회도 하지 않았는데 핵심 요원이 어디 있단 말인가?

2월 23일. 파월 장병에게 김치 보내기 운동을 전개하란다.

2월 24일. 군위원회로부터 '핵심 요원' 명단 제출 및 '조직 정비 강화' 결과 보고 독촉. 총회(總會)도 하지 않고 어떻게 보고하나. 인근 면의 동료 간사들은, 면사무소에 가서 주민등록표를 뽑아 보아 그럴 듯한 사람 이름을 골라 마구 써서 제출하는 식이다. 그럴 수는 없다. 실정대로 보고하고 화통이 터진김에, 저녁에 철원읍 간사를 만나 양구집에 갔다. '니나노'들과 어울려 술을 폈다.

2월 26일. 군위원회로부터 내가 보낸 보고서 회송. 있지도 않은 핵심 요원을 어떻게 뽑으란 말인가. 정치에는 불참이라던 재건국민운동.

3월 5일. P중위와 내가 1·2학년 릴레이식 수업을 했다. '조직 정비 강화' 보고를 어떻게 하나. 넓고 넓은 수복지구에 산재한 면내 19개리. 조직 관리비는 위원장이 써 버린 지 오래고 내게는 돌아다닐 버스비도 없다.

3월 7일. 면위원장이 군위원장의 편지를 보여주었다. 시시한 읍면 간사는 파면하기로 했다고 한다. 나를 두고 하는 말이다. 사표 내지. 돈 받는 집권당 선거 운동보다는 돈 안 받는 재건학교나 하겠다.

3월 8일. 도위원장의 우수지도교사 표창장을 전달해주며, 못마땅해 하는 군위원장. 돌아오는 버스에 동승한 철원읍 간사에게 명단제출 독촉 받은 이야기를 했더니 "조직에 거짓말이 없을 수 없다"면서 "내가 아직도 위원장이요?" 하는 식으로 당사자도 모르는 이름이 적힌 보고서가 곧잘 써먹히는 사회라는 것이었다.

3월 9일. 신입생 가정 방문. 구두닦이 소년들 소집. 교실 세우기 위해 군수 영감 앞으로 호소문 작성.

3월 10일. 수기 원고료, 도지사의 금일봉, 군수 영감이 보태준 것으로 이사 가는 커다란 집을 우선 샀다. 애당초 교실 만들기 위해 학생들이 채취한 아카시아씨 대금은 면위원장이 내놓지 않아 포기했다. 방사이 벽을 털어내고, 허물어진 곳을 보수하고, 지붕을 올려야지. 흑판, 책상, 걸상은 어떻게 할까. 여하튼 내일부터 작업 시작이다.

3월 11일. 돌담 쌓기. 지붕 울릴 짚 나르기. 이영 엮기. 점심 못 가지고 온 학생들에게는 크림빵 한 개씩. 여학생, 남학생, 모두 열심이다. 저녁에 면위원장 댁에 갔더니 자기 동생의 결혼식 청첩장 봉투를 써 달란다. 수백 장이었다. 그것은 청첩장이 아니라 고지서였다. 한밑천 뽑을 모양이었다. 일을 시켜놓고 그는 술 취해서 쿨쿨 잠들어 있었다.

3월 13일. 흙, 모래 져 나르기. 나무 심기.

3월 14일. 아버지는 오늘도 날품팔이. 동생은 국민학교 급사.

어머니는 내 일을 돕는다. 나는 미친다. 일하는데 찾아온 면위원
장이 청첩장을 내밀며 말했다.

"만사 젖혀 놓고 이것 좀 돌려주게!"

교장의 명령을 어찌 어기랴. 2백여 장을 돌리고 돌아와, 어둡도
록 방바닥을 뜯어냈다. 면위원장은 내일도 군청소재지의 이런저
런 사람들에게 고지서를 갖다 주라고 했다. 내일은 학생들도 쉬게
할 겸 작업은 모레로 미루자. 손과 발이 부풀었다. 우리 집은 내일
아침거리가 없는 모양이다. 엄마 안색을 보면 알 수 있다.

3월 17일. 흙, 모래 파다가 운동장과 교실 바닥 고름. 아침, 저녁
옥수수 가루 죽.

3월 19일. 서울 수유리 소재 재건국민운동중앙교육원에 종합지
도자교육차 입교. 나의 수기를 읽고 만나고 싶었다는 김천(金泉)
김성순 선생님과 서울의 이남하 동지를 만남.

3월 24일. 김 선생님은 나에게 포도 묘목을 주시겠다고 말했다.

3월 25일. 종합지도자 교육 수료. 이 동지와 함께 '대림재건학
교'에 가서 학생들에게 인사하고 특강. '국민관'이라는 이름을 가
지고 있는 이 집에는 '상록수협회중앙본부'라는 간판도 붙어 있는
데 중앙회원이라는 처음 만나는 청년이 입회를 권하면서, 우리 학
교에 칠판을 한 개 기증하겠다고 말했으나 왠지 믿어지지 않았다.

3월 28일. '국민신문사'에서 원고료 받아 '헤르만 헤세'의 『데미
안』을 샀다.

3월 31일. 귀가. 김천 김 선생님이 보낸 포도 묘목 2백 그루와 편지가 기다리고 있다.

4월 3일. 자경대장(自警隊長)이기도 한 면위원장이, 지난 3월 28일 근무 중 참사한 자경대원 4명에 대한 조위금을 거두라고 한다. 교장 선생님의 말씀, 감투 많이 쓴 사람이니까 시키는 일도 가지가지다. 수업할 교실 수리가 급선무인데.

4월 4일. 조위금 갹출에 발이 부르튼다. 자경대장 겸 면위원장 겸 교장 선생님은, 봄 낮의 낮잠이 깊으시다.

4월 6일. 흙을 이기고 모래를 쳐 놓았다. 내일은 벽을 발라야지. 미장이를 얻어야 할 텐데 품삯이 없다. 여동생이 배고파 다시 식모살이라도 갈 눈치다.

4월 7일. 교실 벽 바르기. 당번인 두 남학생과 허리가 아픈 것을 참으면서 모래를 치고 흙을 이기고, 이긴 흙을 퍼 날랐다. 저녁엔 쌀이 없어, 국수 사다가 제국에 삶아 먹다. 여학생이 김치를 한 바가지 가져와서 맛있게 먹었다. 고물(古物)을 캐러 가거나 480호 자조근로사업(自助勤勞事業)장에 나가야 먹고 할 수 있는 학생들. 오늘 나온 두 당번 남학생이 너무 수고했다.

4월 8일. 미장이 부인이 끼닛거리가 없다고 어제 품삯을 받으러 왔다. 쌀장사하는 면위원장 댁에 가서, 쌀 한말 주면 활동비 타서 갚겠다고 했으나 거절이다. 문 밖에서는 미장이 부인이 애기 업은 채 비 맞고 서 있는데 아카시아 종자대라도 달라고 악을 쓰고 싶었다.

4월 11일. 면사무소에 가서 선거인명부(選擧人名簿)연람 확인. 면장에게 책상 구입 위해 학생들 480호 사업장 공동 작업 부탁. 국민학교에 가서 칠판 빌려 달라고 통사정.

4월 13일. 모래 파다가 교실 바닥에 깔고, 국민학교에 칠판 빌리러 다시 감. 거절당하고 돌아오다가, 어느 다과점에서 문 닫으며 팔겠다고 내놓은 탁자를 모두 4천원 주기로 하고 가져왔다. 개울에 가서 흙먼지 닦아 아직 문도 없는 교실에 들여 놓으니, 얼마 전 잃어버린 드럼통 생각이 나서 맘이 안 놓인다. 헌 누더기로 똘똘 말고 목판 위에 눕다. 문이 달려야 할 사각형 문틀 밖으로 별이 보인다.

4월 14일. 백회를 한 포 사서 물에 풀어 교실 외부 벽에 바르고, 숙직실 수리.

4월 15일. '전천후수로개발기공식'에 학생들만 구경 보내고 판자 사다가 책상과 걸상을 만들고 대용 유리를 사다가 출입문을 짜 달았다. 이제 천정 바르고 칠판만 구비하면 아쉬운 대로 교실의 면모를 갖추게 된다.

4월 16일. '협동클럽조직 및 애향교육' 인원 동원을 잘 못했다고 면위원장에게 또 호통을 맞다. 신임 간사 물망에 오른다는 사람이 장에 오는 사람들 길 막아 점심 식권 주며 모아 극장이 만원. 선거

운동이다.

4월 17일. 활동비 3천 원 받아 책상 값 주다. 나머지 1천 원은 어떻게 갚나. 면위원장이 선거인 명부 사본하라고 명령.

4월 20일. 학생들이 교실 천정을 신문지로 바르고 국민학교에 가서 떼를 써 칠판을 얻어옴.

'우리가 이 세상을 살아가는 동안, 밥을 목적으로 삼을 때 밥밖엔 구해지지 않지만, 밥 이상의 것을 목적으로 살 때, 밥은 저절로 뒤따를 것이다.'

이제는 우리 집이 마련됐으니 우리는 자유로울 수 있다. 아침 일찍 등교해서 떠들어도 좋고, 저녁 때 늦도록 교실에 남아 있어도 누가 뭐라지 않는다. 내 집이 좋다는 것은 셋방 살아본 사람이나 알지.

4월 29일. 교실같이 작은 운동장에는 남학생들이 새끼를 꼬아서 그물을 엮어 걸고 공을 친다. 여학생들은 화단을 만들고 꽃모종을 구해다 심는다. 운동장처럼 작은 교실엔 우리의 시간표와 우리의 그림이 붙었다. 백회 칠한 집, 처마 끝에 매단 탄피 종을 땅땅 때려서 시작하고 끝나는 공부. 이젠 우리도 남들이 덥고 추워 방학하면 방학하리라.

5월 1일. 물오르는 나무들, 어린이들은 우리들 세상이라지만, 우리 집 어린이(동생)들은 배고픈 5월이다. 군청에서 보조 확약한 시멘트 1백 50포를 기초로 하여 교사신축계획(校舍新築計劃)을 세움.

5월 2일. 나를 돌려놓고 간사(幹事)를 딴 사람 쓰려고 한다는 정보는 확실. 주는 월급, 쌀이나 사먹으며 시키는 대로 일할 것을 뭐 잘났다고 바른 말하며, 미처 일해서 욕먹고 미움 받아 쫓겨나는가. 이 밤, 마을은 온통 막걸리 풍년이다.

5월 3일. 대통령 선거일. 면원원장과 신임 간사 물망에 오른다는 사람은 아침부터 바쁘게 뛰어다녔다. 나는 우울했다. 왜 나는 눈치 살피며 약삭빠르게 살지 못하는가. 왜 나는 꿩 먹고 알 먹는 식의 삶을 배우지 못했는가. 자기네 집권당 말 안 들으면 무조건 야당으로 간주하는 좁은 소견들. 당장 떠나고 싶다. 그러나 나를 믿고 기대오는 까만 눈동자들.

5월 6일. 봄소풍. 학생들의 나에 대한 눈물겨운 정성. 작업 기간 중 특히 수고한 학생을 표장. 노래자랑, 백일장, 가면놀이.

5월 9일 하루 8시간 수업. 아침은 밥, 점심은 이름도 없고 저녁은 막국수. 불 안 땐 숙직실에서 털 빠진 모포를 돌돌 감고 새우잠 자는, 급사부터 교장까지 겸무인 만년 숙직. 그 월급이 모두 얼마냐고 누가 묻는다면, 계산할 수조차 없다고 대답하는 수밖에. 고기 몇 마리 낚았느냐는 물음에 셀 수조차 없는 빈 바구니 격이니까.

5월 10일. 간사 사직서를 내라는 전갈.

5월 11일. 재건국민운동중앙회로부터, 4월 25일자로 소급하여 종합지도자 발령. 잘돼 가는 일이다. 밑에서는 사표 강요, 위에서는 다시 임명.

5월 16일. 면원원장이 학부형 명단을 뽑아오라고 한다. 사직원 제출하고 못하겠다고 했다. 계속 수업.

5월 18일 군위원장 이름으로 간사 및 종합지도자 해임장(解任狀)을 받았다. 하하하하. 동송경찰서 정보계장과의 면담 요청으로 만나, 선거 운동 권고 받다.

5월 20일. 간사직 해임과 동시 재건학교 지도 교사직도 해임되었다는 면위원장의 말. "알았습니다" 하고, 신임 간사에게 학교 재산 인계. 3년간의 미쳐버렸던 생활의 종지부.

5월 24일. 군위원회에 나가, 교과서대 결산. 나는 내일부터 누구의 간섭도 받지 않는다. 각 읍면 간사들은 공화당 후보자를 찍겠다고 도장 찍은 유권자 명단(입당원서)을 군위원회에 제출하고 있었다. 나는 돈 안 받는 자유를 택했다.

5월 29일. 기다리던 비가 내려 학생들과 모심기 공동작업(共同作業)에 나갔다. 품삯 받아서 학생들이 갖고 싶어 하던 배구공과 배구 네트를 샀다. 신임 간사는 자전거를 타고 각 마을을 돌아다니고 있었다. 학생의 모친 대상에 소주 한 병 사들고 가 위로.

6월 3일. 학부형들 찾아뵙고 선거 운동하라는 면위원장의 말씀. 월급을 5천원 주기로 군위원회와 타협됐다고 사탕발림.

6월 5일. 개교 3주년 기념일. 작년엔 기뻐서 울었으나 올해는 정작 내 집을 가졌고, 감격해서 울어야할 올해는, 선거 운동 안 하겠느냐고 재촉하는 사람 뿐. 1·2학년 배구 시합하고 아이스케이크 한 개씩 사먹음.

6월 7일. 4년 만에 장거리엔 쇼단이 들어왔다. 말뚝을 박고 포막을 치고 입장료를 받는 것이 아니라, 말뚝을 박고 포막을 치고 막걸리를 퍼 먹이며 애국 쇼를 봐달라는 것이다.

내가 애국자요, 나도 애국자요.

내일 모레 여러분에겐 커피를 선사하리다.

내일 모레 여러분에겐 남북통일을 갖다 주리다.

통곡하는 원맨쇼. 아양 떠는 원맨쇼.

그러나 사슴은 커피 맛을 모른다.

막걸리 한 잔에 컬컬한 목을 씻고, 영글지 못하는 감자와 틈 가는 가뭄으로 마음만 탈 뿐. 6월의 하늘은 푸르기만 하여라.

누구의 돈이라고 술 사주는 선심이며, 헐뜯고 공포 쏘기에 왜 저리 악을 쓰는 목쉰 소리들일까……

사슴은 제 뿔 사랑한단 말 아니 해도, 총 맞아 굴러갈 때 고개를 든다더라. 4년 만에 장거리엔 애국 쇼가 들어와 마을은 온통 막걸리 바다.

사슴이 제 뿔을 사랑하듯, 그렇게 말없이 나라를 사랑하는 우리나라의 내 엄마도 술 냄새에 취하신다.

6월 30일."재건학교는 지엽적인 일, 강 선생같이 일해서는 안 되는 것이요." 군위원장의 말씀.

"아, 알았습니다. 목하 중대시기에 한갓 재건학교에 얽매어 있었던 제가 잘못이었죠. 국민운동이란, 조직 정비 강화가 첫째이고 그래서 선거 운동을 하여 돈 벌고 영전할 수 있는 것이지요. 하하 하하."

나는 군위원회 사무실을 나왔다. 술 한 잔 하고 집에 돌아오니, 낯 모르는 여자로부터 편지가 와 있었다. 폐를 앓고 있다는 그 여자는 신문에서 내 이야기를 뒤늦게 읽었다는 것이었다. 요양소에 있다는 그 여자는, 나를 만나보고 싶다는 것이었다. 나는 땀을 흘리며 답장을 썼다. 천사여, 여름 바다에서 만납시다.

어머니가 못난 자식을 보내며 울고 계셨다. 패배하고 떠나는 아들을 보내며 마냥 서 있었다. 그리고 우리들의 피땀으로 세워진, 작은 우리들의 하얀 집이 나를 보내며 남아 있었다. 기성회(期成會), 촉진회(促進會), 연맹(聯盟), 협회(協會), 야유회(野遊會) 등에 감초인 면위원장은 신탄진 필터를 질겅질겅 씹고 있었다.

각종 기공식이 거행되고, 퍼마시는 친목회가 그칠 날 없던, 1967년의 봄과 여름이 잦아드는 수복지구(收復地區)를 나는 말없이 떠나고 있었다.

재건국민운동은 강령(綱領)에서 다음과 같이 말한다.

— 우리는 모든 정당 정파에 초연하여 국민 단합의 광장을 이룩

한다. —

헛소리 말아라.

"△번을 안 찍으면 480밀가루 공사 표를 뺏어 간댔어요."

자조근로(自助勤勞) 사업장에 나가는 남학생의 말

"아빠가 ×번 입후보자 현수막 쳐주고 2만 원을 받았을 뿐인데, 투표통지표가 안 나왔대요."

갈래머리 여학생의 말.

이들이 손을 흔들고 있었다. 이들은 내가 저희들을 버리고 서울로 취직이라도 하러 가는 줄 알 것이다. 그러나 나더러 어쩌란 말이냐. 흔들리는 버스에 몸뚱이를 내맡기고 눈을 감았다.

나는 쓰러져버린 오뚜기였다.

제4장(第四章) 쓰러진 오뚜기

어머님!

제가 그곳을 떠나던 날, 재건국민운동 중앙회의 국민신문사 여기자(女記者)는, 거꾸로 '희망르포' 취재차 그곳엘 갔더라고요. 길이 묘하게 어긋났어요. 그러나 그 날 제가 그곳에 있었더라도, 무슨 희망르포를 쓸 수 있었겠어요. 저를 종합지도자(綜合指導者)로 임명한 것은 중앙회장, 사표를 받아 간 것은 현지 군위원장인 판국. 기사는 한 줄도 못쓰고 학생들이 가꾸었다는 커다란 늙은 호박만 한 개, 어머님께서 주셨다고요?

어머님!

저는 이곳 서울에 와서, 그곳에 취재 나갔던 그 여기자도 만났고, 중앙회에도 들렀어요. 그곳 현상을 기자에게 전해 듣고 또 저한테 직접 들은 중앙회는, 이번 선거 기간 중의 사건에 대하여 "매우 부끄러운 일"이라고 말하고, 제가 떠나오지 않았더라면 어떻게 조처할 수 있었을 것을 왜 그렇게 성급했느냐고 했어요. 그러나 어머님, 제가 중앙회의 그 조처라는 것을 기다리고 앉아 있기에는 이미 늦은 때였지요. 그러려면 애초에 싸우면서라도 사표를 쓰지 않았을 거예요. 조처를 기다린다는 것은, 사표를 쓴 것보다도 더욱 못난 짓이니까요. 저는 그곳을 떠나면서, 「신 포도의 우화(寓話)」를 생각하기도 했어요. 제가 힘이 없으니까 포기하고 떠나면서, "그까짓 신 포도!" 하고, 침을 뱉은 격은 아닌가 하고요. 설혹, 중앙회가 저의 사표를 반려했다손 치더라도 현지(現地)에서 금일봉 사건, 아카시아 대금 사건, 선거 운동 반대(그들이 말로는 조직 강화에 소홀)사건 등으로, 가뜩 미움을 사고 있는 저로서는 아등바등 붙어 있는 것도 꼴불견이요, 또한 독불장군이니까요. 그리고 다시 중앙회 측을 생각해도, 커다란 조직체(組織體)를 운영하는 데 있어서 미미한 존재인 한 사람의 문제로 최 일선 기관장과의 갈등을 살 수는 없겠지요? 상부(上部)에서 의자를 지키고 앉아 월급이나 타먹는 사람들은, 골칫거리를 싫어한다는 것을 저는 누구보다 잘 알고 있어요. 그들은 다만 일이 순조롭게 진행되기만을 바랄 뿐이에요. 더구나 문젯거리를 만드는 놈은 해골이 복잡하다고 딱 질색이거든요.

어머님!

그래도 저는 재건국민운동 3년 동안에 좋은 선배, 동지도 사귀었고, 못난 놈이 한 곳에서 쫓겨나면 올 데 갈 데 없을 텐데 이렇게 서울로 나올 수도 있었잖아요? 재건국민운동 하는 동안에 사귄 친구의 덕택으로 오게 된 서울. 다시, 학사주점 낙서판에 '서울이여, 안녕'이라고 쓰고 술을 마셨어요. 안녕은, 헤어질 때도 안녕이고 다시 만나서도 똑같은 안녕이군요. 술 취해 고래고래 소리를 지르며 비틀대다가, 오줌을 잘 못 누어 파출소에서 하룻밤을 지냈어요. 감자바위 촌놈에게 서울에서 가장 아쉬운 것은 변소였어요. 서울의 변소는 모두가 잠긴 문이었어요. 그래서 깔긴 곳이 파출소 벽이었네요.

　서울에 온 저는 또 재건학교를 해야겠어요. 지긋지긋한 재건학교를. 그러나 저는 이 어린 학생들을 사랑해요. 한 번 접어든 길은 쉽게 바꿀 수 없나 보지요?

　어머님!

　언제나 제가 효도를 할 수 있을까, 생각하면 괴로워요. 다시 뵙는 날까지 부디 안녕하세요. 플라타너스 잎이 지고 있어요. 불효자 배상.

　김 선생님!

　1967년이 저물고 있습니다. 제가 서울로 온지도 벌써 3개월이 지났습니다. 1967년은 확실히 '일하는 해'였습니다. 저도 또한 많은 일을 치렀습니다.

저를 더없이 아끼시는 김 선생님!

수복지구의 삭막한 풍토에서 버려진 동심(童心)을 매만지며 저의 꿈을 키우라고 보내주신 포도 묘목. 저는 그 뜻을 저버리고 그곳을 떠났습니다. 그러나 제가 그곳에 더 있을 수 없었던 사정은, 지난번 선생님께서 '농업기술자대회(農業技術者大會)' 참석차 상경(上京)하셨을 때 말씀드렸습니다.

김 선생님!

아직 변소도 짓지 못했습니다. 옛날 이곳 대림동은 인분을 서로 받으려고 길가 변소 문이 개방되어 있었다는데, 지금은 행정구역(行政區域)이 서울특별시로 바뀌어, 논밭은 집터로 변하여 금값이 되고, 변소마다 문에는 자물쇠가 걸렸습니다. 새벽이면 이곳 '국민관' 뒤의 해군본부(海軍本部) 송신소 안테나 밑에 쪼그리고 앉아 불안하게 대변을 봅니다.

교실 한 쪽의 허무러진 벽도 아직 완전히 고치지 못했습니다. 흙도 돌멩이도 돈을 주고 사는 서울. 서울은 참으로 촌놈을 어리둥절하게 만듭니다.

작은 회사에 별로 필요한 것 같지도 않은데 자가용(自家用)이 있습니다. 비싼 세금과 운전사 월급과 기름값이 드는 그 자가용은 정말 회사에 돈이 있어서 산 것이 아니고 세를 낸 것이랍니다.

저에게 이 학교를 이끌어 가라고 맡기면서, 밥을 먹여주고 잠을 재워주는 이 동지가 전무로 있는 '세대상사주식회사' 말입니다.

회장·사장·전무·상무·과장·공장장·경리 등의 직책과 전화번호가 너절하게 찍힌 명함, 명함들과 으리으리한 사무실의 집기들과 책상마다 코드로 연결한 전화통들을 놓고, 무슨 일로 항상 커피를 마시는지 알 수가 없습니다. 하기는 저도 그 덕택에 자가용 타고 회사에 나가 가끔 커피를 마십니다. 어떤 때는 회사의 간부들이 모두 채권자가 올 시간이라고 여자 경리에게 대답을 일러두고 자가용 타고 도망치는 광경도 보게 됩니다.

어떤 때는 구둣발을 책상 위에 올려놓고 전화로 몇백만 원을 기세 좋게 지껄이는 광경도 보게 됩니다.

이 동지는 항상 애가 탑니다. 알고 보니 그 회사의 운영 자금(運營資金)은 모두 이 동지가 빚을 얻어 댄 것이랍니다.

학생들도 시골 아이들과 다릅니다. 시골 아이들보다 공부도 잘하고 아는 것도 많은데 정이 가질 않습니다. 한 마디로 너무 똑똑하고 깨끗해서 차갑습니다.

김 선생님께서, 하천 부지의 모래사장에 포도를 심고 가꾸기 10년. 사람의 집보다 앞서 돈사와 계사에 먼저 기와를 올리고 일하면서 배우는 학생들의 순박한 작문을 한줄 한자 줄그어 고쳐 주시는 것과는 달리, 이곳에 온 이후 제가 항상 만나는 사람들은, 입으로만 애국을 부르짖는 나팔수입니다. 그들 속에 한 사람으로 섞이고 있는 저는 도대체 무엇입니까?

이 동지가 세 낸 자가용 타고 출근하면 전기 곤로에 밥을 끓여 먹고 혼자 지키는 커다란 집.

야간에나 학생들이 모이는 '대림재건학교' 교실 벽에는, 상경하였을 때 보신 바와 같이 수염 난 할아버지가 머리에 태극기 그린 수건을 동여매고 눈을 부릅뜬 채 손가락질 하면서 '너는 나라를 위하여 무엇을 하고 있는가?'라고, 묻는 그림이 붙어 있습니다. 그것은 재건국민운동본부에서 전국에 배포한 포스터랍니다.

할아버지의 물음에 저는 똥이 마려운데 변소 문들은 모두 잠겨 있어 미칠 지경이라고 대답하고, 이 집을 드나드는 사람들은 그 흔하디흔한 사업차 바빠서 어마어마한 직함이 인쇄된 명함을 주고받는다고 대답하고, 나라를 위하여 세 낸 자가용을 타고, 나라를 위하여 커피를 마시고, 나라를 위하여 저녁마다 막걸리를 마시고, 나라를 위하여 고래고래 소리를 지르고, 나라를 위하여 여자와 자고, 나라를 위하여 음담패설을 하고……

서울특별시에 이런 집이 존재한다는 것부터가 상식을 무시합니다. 일백 년도 더 묵은 열두 평의 이 집에 붙어 있는 간판도 가지 가지.

벽돌수집운동(벽돌 공장에서 훔친 것을 이렇게 말한다)을 벌여 보수한 벽에 커다랗게 페인트로 쓴 '국민관', 정문 왼편에 붙은 판자에 쓴 '대림재건학교', 이 나무 간판을 뒤집으면 거기 또 먹으로 쓰여 있는 '한국청년학교', 정문 바른편에 붙은 '상록수협회중앙본부'

그리고 또 '부국4H구락부', '마을 도서관'.

이 외에도 성문화(成文化)되지 않은, '민족자강회', '카타르시스의 집', '광인의 집'. '대화의 광장', '업자(業者)의 합숙소', '젊은이의 양지', '한국의 뒷골목', 그리고 '영웅(英雄)의 집'은 제가 명명한 것이며, '늙은 갈보의 집'은 이 동지가 붙인 이름이고 '시계 없는 대합실'은 어떤 작가(作家)가 지어준 이름입니다.

여하튼 서울 사람들은 어머어마한 간판을 좋아합니다. 무슨 일을 시작했다 하면 명함부터 찍듯이.

대림재건학교에도, 학생 30여 명에 회장(會長)으로부터 시작하여 이사장(理事長), 교장, 교감, 교무주임, 서무과장, 전임강사, 시간강사, 초빙강사 등이 있습니다.

벽을 헐어버리고 모래를 준비했습니다. 교실 복구 작업은 중단입니다. 수업은 계속합니다. 밤 10시 학생들이 돌아가면, 헐어버린 벽 너머로 별을 헤다가 잠이 듭니다.

기침이 나오는 것은 감기 든 탓이겠지. 외로운 것은 가을인 탓이겠지. 떨리는 것은 겨울이 가까운 탓이겠지. 그런데 이처럼 안타까운 것은 무슨 까닭입니까?

새벽 6시면 이 동지의 채권자가 찾아옵니다. 사업을 해서 명실상부한 '한국청년학교'를 창건한다고, 간판부터 써놓고 철없이 마구 돈을 끌어대서 시작한 세대상사. 실상 주주(株主)라고는 이 동지 혼자뿐인 회사에, 엉기덩기 붙은 허울 좋은 동지라는 작자들이 돈은 다 쓰고 회사가 기울어져 가는 기미를 알자 채권자들은 새벽같이 찾아오고, 이 동지는 때마다 침대 밑으로 기어들면서 '없다'고 하라며 거짓말을 시킵니다.

그러나 학생들이 모이는 밤이면 그는 힘이 납니다. 학생들 앞에 서서 강의하는 그의 목소리는 작은 고추가 맵다는 말을 실감하게 합니다. 그는 키도 작지만 체중 미달로 입대(入隊)도 보류. 사실 저는 재건국민운동중앙교육원에서 목소리에 반해서 그를 알게 된 셈이었지요. 뜯어 헤쳐진 천장 속의 거미줄이 바람에 너울대는 것을 바라보고 앉아 있는데 학사주점의 주주라는 청년이 찾아 왔습니다.

"……학사주점의 낙서판 모음을 내가 갖고 있는데 말이야, 그것을 분류해서 말이지, 그리고 전국 각 남녀대학 변소에 있는 낙서를 채집해서 말이야, 그것들을 잘 편집해서 말이지, 삽화도 넣고 말이야 출판하면 말이지, 한 몫 단단히 잡겠는데 말이야, 돈이 있어야 말이지……"

그 청년은 이렇게, '말이지'와 '말이야'를 빈틈없이 섞어가면서 말하는 것이었습니다.

여기는 이런 식의 사람들이 많이 모이는 집입니다. 군대 기피자와 불합격자. '실(失)'자를 붙이지 않은 '업자(業者)'들. 그래서 '국민의 집'인지도 모릅니다. '국민관'하면 중국집이냐고 묻는 이도 있지만.

벌써 10여 년 동안 전기도 공짜로 쓰고 있답니다. 옆집에 펌프를 묻었으므로 물세도 없고, 소변도 요령껏 보고, 땅세도 집세도 없고, 여하튼 기적적으로 존재하는 서울특별시 내의 이방지대(異邦地帶).

국민관의 관장(館長)이요, 대림재건학교의 이사장(理事長)이요, 장래 한국청년학교의 설립자인 이 동지는 이런 '이방의 집'을 이끌어 온 공으로 수많은 표창장을 받았고 그 중에는 서울특별시장이 준 것도 몇 개 있습니다.

일정한 수입처가 없는 저는 굶기가 일쑤입니다. 애당초 자신만만해서 저를 오라고 한 이 동지도 채권자에게 졸리는 형편에서 용쓰는 재주가 없습니다.

김 선생님!

어미닭은 병아리를 깨기 위하여, 스무날 동안이나 모이도 잘 줍지 않고, 자기 몸에서 뜨거운 열을 짜내면서 앓는다고 말씀하신 적이 있습니다. 그런데 저는 무엇을 깨기 위해 앓고 있습니까?

끼니마저 제대로 잇지 못하니 건강 상태(健康狀態)가 말이 아닙니다. 거기에다 매일 밤 술은 생깁니다. 워낙 드나드는 사람이 많은 집이니까요. 어떤 대학의 교무과에 좀 있었대서 아예 'x교수님', 국회의원(國會議員)에 출마하여 3백 표를 얻었대서 아예 'x의원님', 특허품(特許品) 고안 중이라서 장래 'x사장님', 이런 사람들이 모여서 주머니를 털면 용하게도 막걸리 한 말 값은 나오고 그 밤은 곤죽이 되는 판이었습니다. 그 술값으로 쌀을 좀 사달라기에는 낯선 사람들, 저는 슬픈 신세가 된 것입니다.

김 선생님!

세대상사는 거의 쓰러져 가고, 이 동지는 이제 채권자가 무서워 밤에도 들어오지 않습니다. 자기 집에서까지 심한 괄시를 받게 되었기 때문입니다. 사업을 한다며 빚만 잔뜩 짊어지고, 저녁이면 술이나 퍼먹는 동생을 어느 형수가 예뻐하겠습니까? 늙은 어머님만 취직이라도 하지 않는다고 애를 태우지만, 이 동지는 전무하다가 말단 사원 노릇은 못 할 기질입니다. 그의 형님은 또, 그런 동생을 미워합니다. 두 아들 사이에 끼어 마음 못 잡는 그의 어머님이 가엾습니다.

회사의 여자 경리가 찾아왔습니다. 국수 한 관과 샘표 간장 한 병을 들고 온 그녀는 "오빠가 사주셨어요." 라고 말하는 것이었습니다. 그녀는 이 동지와 먼 친척 간이었습니다. 이 동지가 사주었다는 말을 강조하자, 나는 그녀가 자기 돈으로 사온 것임을 깨달았습니다. 예쁘지 않은, 그렇다고 밉지도 않은 그녀는 항상 조용하기만 했습니다. 그 날도 나 혼자서 내리 세 시간을 강의하는 것을 뒷자리에 앉아 구경하고 돌아가면서, "오늘 많이 배웠어요. 끼니 건너지 마세요." 하고 말했을 뿐이었습니다.

김 선생님!

하루는 변소를 짓기 위해 땀을 흘리며 땅을 파는데, 학생들이 와서 도왔습니다. 그들은 모두가 인근의 유리 공장 직공이었고, 그날은 첫째 일요일로 모처럼 쉬는 날이었습니다. 그들은 다음 번 쉬는 날, 그달의 셋째 일요일에는 교실 벽을 고치자는 것이었습니다. 가까스로 변소를 준공하고 저는 말했습니다.

"이젠 배탈이 나도 걱정 없다."

사실 먹을 것도 걱정이었지만, 변소가 더 큰 걱정이었습니다. 땀을 흘리고 나니 가슴이 좀 후련해졌습니다. 가난했지만 수복지구의 저였더라면 교실 벽도 벌써 복구했을 것이었습니다. 그런데 이곳은 왠지 내 집 같지 않고, 모두가 낯설고 흙도 돌멩이도 사야 하고 일하기도 어렵습니다.

저는 이제 작품을 써야겠습니다. 그런데 내내 편편 놀다가 이 신문 저 신문에 신춘문예(新春文藝) 모집 광고가 나기 시작해야 글을 써야겠다고 서둘게 됩니다. 밤 새워가며 며칠 동안에 세 편을 긁어 대서 《한국》, 《조선(朝鮮)》, 《대한일보(大韓日報)》에 던졌습니다. 그러니 될 게 무업니까? 그러나 세대상사의 여자 경리는,

"수고하셨어요. 그렇게 무엇이든지 하세요." 라고 말하고, 손수 담갔다는 모과 주를 한 병, 그리고 또 "동생 중학교 보내세요." 라고 말하고 두툼한 하얀 봉투를 제 손에 쥐어 주는 것이었습니다. 입학금이었습니다. 그녀의 덕으로 찹쌀떡 장수가 중학생이 되는

것이었습니다.

그녀는 다시, "손수 벗어서 갚아주세요." 라고 말했습니다.

김 선생님!

1967년이 갑니다. 저는 지금 세대상사가 세 들어 있는 빌딩의 지하실 다방에서 그녀를 기다리고 있습니다. 저는 그녀가 준 동생의 입학금을 가지고 집에 다녀오는 길입니다. 다 쓰러져가는 회사에서 갈 데 없이 의자를 지키는 군상들이 마지막 기분을 내는지 그들, 어마어마한 직함의 명함이나 넣고 다니는 사람들의 악을 쓰는 노랫소리가 여기까지 들려오고 있습니다. 착하디 착한 그녀는 오늘 밤도 늦도록 그들의 시중을 들어주고 있습니다.

12월 31일. 밤 9시. 금년도 몇 시간 남지 않았습니다. 저의 작품은 보나마나 낙선입니다. 모집 광고 보고야 미쳐서 써 갈긴 것이 무슨 작품이겠습니까? 내년부터는 버릇을 고쳐서 평소부터 꾸준히 쓰겠다고, 오늘 밤 그녀에게 약속 하겠습니다…….

그녀와 내가 탄 93번 좌석 버스가 서울역 앞을 지날 때, 탑시계는 자정을 넘고 있었다.

"천구백 육십 팔년이에요." 라고, 그녀가 말했다. 그리고 다시 "새해, 선생님의 건강을 빌어요." 라고 나에게 고개를 조금 숙여 보이는 것이었다.

"감사합니다."

버스의 유리창들은 통금(通禁)이 해제(解除)된 이날 밤 손님들의 입김으로 뽀얗게 흐려 있었다. 나는 손가락으로 유리창에 타원형의 도토리를 그리려고 했으나, 버스가 덜컹거려 잘 되지 않았다. 그러나 나는 "도토리!" 하고, 그녀를 툭 치며 웃고, 외투주머니에서 진짜 도토리를 꺼내 손바닥 위에 놓아 보였다. 그것은 그녀가 작년 가을에 정릉에 갔다가 산에서 주워준 것이었고 '도토리'는 그녀의 별명이었다.

　　그녀도 외투 주머니에서 조약돌 한 개를 꺼내는 것이었다. 그것은 내가 그녀에게 개울에서 주워 준 것이었으나, 조약돌이 나의 별명은 아니었다.

　　우리는 마주보며 웃었다.

　　버스가 한강(漢江) 다리를 건너가고 있었다. 그녀가 유리창 곁에 앉은 나의 가슴 앞으로 팔을 뻗어 오더니 내가 그린 유리창의 동그라미 위에 또 하나의 그보다 작은 동그라미를 그리는 것이었다. 그리고 그녀는 "오뚝이에요." 라고 웃으며 말하고 나를 툭 건드리는 것이었다.

　　"눈도 코도 없는?" 하며 내가 웃었더니, "제가 마저 그릴게요." 하고, 그녀가 이번에 몸까지 나의 가슴 앞으로 굽혀 와서 작은 동그라미 속에 눈과 코를 점찍으려고 손가락을 펴들고 머뭇대는데, 다리를 다 건너온 버스가 덜컹 하고 내려앉는 바람에, 그녀의 펴진 손바닥이 유리창을 짚으며 미완성(未完成)의 오뚝이를 지워버

렸고, 그녀는 나의 품안에 안겨버렸다.

'도토리'와 '오뚝이'가 돌아온 '영웅의 집'은 텅텅 빈 채 냉방이었고, 우리는 침대에 앉아 모포로 돌돌 몸을 싸고 1968년의 새벽을 맞았다.

역시 이곳에 조직(組織)되어 있는 '알' 문학 동인회(文學同人會) 회원인 S씨의 알선으로 국민학교 학생 가정 학습지를 내는 대한교육사(大韓敎育社) 입사.

아침 굶고 출근. 간판이 커다랄수록 회사 또한 엉망이다. 대한교육사에도 회장, 사장, 전무, 업무과장, 편집부장, 섭외부장, 교정과장, 등사실장, 필경실장, 그리고 또 이건 웬 비서까지 둔 회사가 난로용 기름 값이 밀리어 매일 싸움판이고, 아침저녁으로 배포사원과 수금사원들이 모여들어 도떼기 시장판이다. 퇴근길에 영화 〈막차로 온 손님들〉을 보고 울기도 하고, 도토리와 만나 영등포의 풀빵집에 가기도 한다. 집에 돌아오면 냉방, 기침이 나온다. 그러나 수업을 계속한다. 일해서 먹고 살며 학생들을 가르치니, 그래도 떳떳해서 고함도 친다. 회사의 속이야 어떻든, 직장이라고 매일 출근하고 전화를 걸면 만날 수 있으니까 도토리도 좋아한다. 그리고 내 형편을 보아준다고 매일매일 1백 원씩 가불을 해주어서 교통비를 한다. 이 동지가 어디에서 하이파스 1천정들이 한 병을 갖다 주었다. 도토리는 은단을 사주며 담배를 끊으라고 빌었다. 나는 행복했다. 결핵 때문이었다. 아침 굶고 출근, 30원짜리 백반 점심. 도토리의 전화. 영등포 풀빵으로 저녁 대용. 안녕.

음력 설날. 학생들이 흰 떡을 비닐봉지에 싸왔다. 끓였더니 풀 떡이 됐다.

이 동지는 아기 같다. 금방 의욕(意欲)이 넘쳐 불타다가도 울 너머로 채권자가 지나가는 것만 보면 찔끔하여 울상이 된다. 세대상사는 완전히 거덜 났다. 돈이 바닥나니 '명함'들은 뿔뿔이 헤어져 갔고, 상록수협회 회원들이 남아 있는 집기를 가지고 소형 피아노 제작회사(制作會社)를 해보자고, 이 동지를 찾아와 돈 좀 얻어 달라는 것이었다. 나는 말렸다. 제발 돈거래는 말라고. 그러나 그는 듣지 않았다. 특허품인 피아노 사업은 전망이 좋다는 것이었다. 잘 되면 세대상사가 진 부채도 가리고 다시 일어설 수 있다는 것이었다. 남의 말을 잘 듣는 그가 왜 내 말은 듣지 않는지. 그는 자기 매부의 땅 판 돈을, 누이를 졸라 30만 원이나 얻어 주는 것이었다. '미림산업사(美林産業社)' 발족. 그들도 역시 마찬가지였다. 명함부터 찍는 것이었다. 미림산업사 회장, 사장, 공장장, 전무, 상무, 그리고 자본금 30만 원에서 10만 원 떼어 전화를 사고, '업자(業者)'를 면하고 사업을 시작함을 자축하는 의미에서 국민관에 모여 한 잔, 빌빌대던 그들은 살 판 났다. 이래서 한 잔, 저래서 한 잔, 회원들은 개나 걸이나 엉기덩기 모여 붙어서 회회낙락이었다.

뚝섬에 있는 공장에서 제품(製品)이 하나 나왔는데 성능(性能)이 우수하다고 또 한 잔. 그 바람에 곤로의 니크롬선이 끊어졌고 그래서 또 아침을 끓여 먹지 못하고 출근. 하루 종일 도떼기 시장판에 앉아, 묵어 터진 『모범전과』나 『동아수련장』같은 데서 시험문제를 뽑아 주고 퇴근. 집에 가야 그나마 곤로도 꺼지고, 호주머니 속엔 단돈 30원. 빈속에 먹은 하이파스는 가슴을 아리게 훑는다. 이 동지는 바람 들리고 있다. 주위에서 잘한다 하니, 하루아침에 왕겨 석 섬 부는 놈 격이다. 항상 제 실속 없는 남의 장단에 춤을 추다가 빚 구덩이 속에 점점 깊이 빠져든다.

영등포의 풀빵집에는 도토리가 기다리고 있었다. 거리에는 눈이 내리고, OB맥주 공장의 철조망 울타리 구석에 세워진 높다란 망대에는 제복을 입은 늙은 수위가 구공탄 난로 앞에서 졸고 있었다. 서치라이트 불빛 속의 눈송이가 탐스러웠다. 그녀와 나는 그 불빛 속에 서 있었다.

"어서 가셔서 수업하세요. 그리고 여기 이 주일분 은단!"

그녀가 은단갑을 주며 말했다.

"국어는 마지막 시간인 걸. 여기 빈 은단갑 반환이야."

내가 빈 은단갑을 주며 말했다.

"정말 담배 대용으로 사용?"

그녀가 나를 빤히 올려다보며 말했다.

"아, 예뻐라."

나는 그녀를 덥석 안아서 한 바퀴 돌리고 놓았다.

눈은 계속하여 내리고 수위도 여전히 졸고 있었다.

제5장(第五章) 영웅(英雄)의 집에서

예상했던 대로 피아노 회사도 무너졌다. 실로폰 소리가 나는 피아노가 팔릴 리 없다. 전화까지 팔아서 자본금(資本金)은 바닥이 났다. 명함만 남고 그만이었다. 그들은 갈 데 없이 낮이면 사무실에서 나이롱 뽕을 하고 밤이면 국민관에 모여 술을 퍼마셨다. 이제 전셋돈을 모두 까먹은 사무실에서 집기를 옮겨와야 할 판.

"책상을 실어다가 학교에나 놓자."

이 동지가 말했다. 그러나 삼륜차를 빌릴 돈이 없었다.

이 동지는 그 작은 어깨에 30만 원의 부채를 더 짊어진 것이다. 주머니가 텅텅 비자 상록수 회원들은 뿔뿔이 흩어져 갔다.

가까스로 실어 온 번질번질한 책상들 서랍 속에서는 명함만 쏟아져 나왔다. 회장, 사장, 전무, 상무, 공장장……

호화판 집기들과 국민관은 언밸런스였다. 불협화, 부조화였다. 나는 웃었다. 이 동지도 웃었다. 마냥 웃어버린 우리들의 눈 꼬리엔 눈물이 흘러 있었다.

혼자 있고 싶다. 가슴 뿌듯한 일을 하다가 지쳐 쓰러져 혼곤히 잠들고 싶었다. 그런데 나를 혼자 있게 내버려 두지 않는 사람들. 그들은 매일같이 국민관에 와야 사는 단골손님들이었다. 그리고 그들은 오늘을 사는 슬픈 영웅들이었다. 의석 하나 없이 이름만 등록된 D정당의 대변인 B 선생, 모 국회의원 비서인 C 선생, 그리고 시간 강사들인 E, F, G와 해군송신소에 근무하는 H 하사, K 하사.

이 동지는 이제 매부에게 진 30만 원의 부채까지 독촉을 받자 아예 국민운동교육원으로 도망쳐 가고, 나는 이 사람 저 사람의 주머니에서 나오는 10원짜리를 모아서 국수를 사다 삶아 먹고는, 무엇을 가르친다고 밤이면 학생들 앞에 선다. 수업 끝나면 으레 벌어지는 술타령. 낮에는 군상들이 책상을 맞붙이고 그 위에 누워 배꼽을 내놓고 낮잠들을 잔다.

이 동지의 어머니께서 가끔 아들이 돌아왔나, 찾아 왔다가 "때를 기다리는 강태공들인가? 낮잠들만 자면 밥이 생겨?" 하고 돌아간다. 이들은 모두 애국자다. 나도 그중의 하나다. 교실 벽에 붙어 있는 포스터의 할아버지가 "너는 나라를 위하여 무엇을 하고 있는가?" 라고, 묻고 있는 한 이들은 모두 애국자다. 그리고 영웅들이다. 이들의 배꼽이 하품을 하고 있는 대낮의 햇볕은 뜨겁기만 하다. 먹고 자고, 기가 막히게 좋은 생활이며 호강이다. 땀나면 옆집 펌프 물 길어다가 벌거벗고 끼얹고, 라면 한 봉지 끓여 먹고 또 잔다.

D정당(政黨) 대변인 B선생. 그는 일본 와세다(早稻田) 출신이다. 그리고 역전의 용사다. 도수 높은 안경을 쓴 그는 '히틀러'신봉자다. 여자는 섹스의 해결장으로 간주한다. 그는 작년 8월에 한국비료국유화(韓國肥料國有化) 운동에 나섰었다. 한비(韓肥)를 국가에 헌납하지 않는다고 열을 올렸었다. 그는 독서광이다. 지금도 읽고 있다. 그는 가정에 대하여는 무관심이다. 자기 신념을 관철하기 위하여 일하다 일하다 죽는 것이 행복한 놈이라고 말한다. 원호(援護)대상자로서 좋은 직장까지 얻었으나, 팽개쳐버리고 그저 운동, 운동이 있을 뿐이다. 한비(韓肥) 국유화 운동을 했고, 지금은 골프장을 생산 목적(生産目的)으로 활용하자는 운동 중이다. 셋방살이로 전전하면서도 그늘진 데 없다. 한 잔 마시고 나면 항상 호언장담이다. 좋은 재목인데 써지지 않아 안타깝다. 이 사람의 이야기를 하자면 끝이 없다.

모 국회의원(國會議員) 비서인 C선생. 그는 불의(不義)를 보면 참지 못하는 80kg의 거구이다. 더위도 불의(不義)만큼이나 못 참는다. 그가 모시고 있는 모 의원은 아마 그를 화나게 하기가 일쑤인 모양이다. 그래서 항상 술이다. 그 의원은 자기 출신구(出身區)의 사람이면 개나 걸이나 결혼식 주례를 서주는 것이 전문이라는 것이다. 그래서 아예 '주례의원(主禮議員)'이라고 부른다. 주례가 본업(本業)이고, 의원이 부업이라는 해석이다. 국사를 의논하다가도 "시간 됐습니다." 하면, "가야지." 하고 지프에 올라 예식장으로 달려간다는 것이다. 정말로 C선생의 수첩에는 20일 앞의 것까지 주례 주문이 쇄도하여, 메모 되어 있다. 하루에 스물한 개의 예식장을 쫓아다닌 때도 있다는 것이다. 그래서 국민관엔 넥타이와 하이타이가 흔하다. 답례품으로 받아온 것들이다. C선생은 언제나 "문제는 뭐고 하니―"라고 말문을 열고 나서 한국 국회의원(韓國 國會議員)들의 실태에 대하여 울분을 토한다. 그러면서 술잔을 거푸 비우는 것이다. 주례의원의 팔을 비틀어 버리고 때려치운다는 것을 나는 때마다 말린다.

"선생님이 비서직 때려치운다고 해가 서쪽에서 뜹니까? 딴 사람이 취직되고 선생님이 업자가 될 뿐이지요."

아마 C선생은 숱한 직장을 때려치운 모양이다. 그래서 집에서도 미움 받다가 국민관으로 쫓겨 온 셈이다. 그는 술을 마시면 커다란 체구를 주체하지 못하면서도 끝없이 마신다. 어느 날인가는 술이 너무 취해서 와이셔츠를 벗어 넥타이로 묶어가지고 생선이라도 되는 듯 꿰들고 들어왔다; 그의 술 취한 농도는, 넥타이를 잡아 늘인 정도와 바지허리가 흘러내려 배가 나온 정도를 보면 알 수 있는데, 그 날은 워낙 과했던 모양인지 배꼽 아래의 터럭까지 나와 있었다. 새로 맞춘 양복을 입은 체 오줌을 싸면서 그는 말했다. '비스마르크'도 오줌을 쌌다. 나도 오줌을 싼다. 고로 나는 '비스마르크'다. 어떤 지하도(地下道)엔가 '시민(市民)은 위대하다'고 써 붙인 것을 보고, "나도 시민이다. 고로 나는 위대하다."고 말하는 식이었다. 묘하게 서로 웃겨가며 울분을 배설하는 고독한 군중들. 갈보한테 다녀와서 임질로 고생하고, 서로의 곤경을 자기 일같이 걱정도 하는 이들 군상들은 한없이 착하기만 하다. 이 동지가 시민 회관(市民會館)에서 청소년 교육 공로상(靑少年敎育功勞賞)을 받을 때, 꽃다발을 들고 김현옥(金玄玉) 서울 시장과 함께 찍은 사진을 펴보며 혼자 웃고 있는 옆에서 C선생이 말하는 것이었다.

"어젯밤에 꿈을 꾸었소. 그런데 내가 죽어 있는 꿈이었소. 죽어 있는 나를 보면서 내가 울고 있었소……."

그러자 곁에 앉아 재떨이에서 꽁초를 찾던 D정당 대변인 B선생이 말하는 것이었다.

"어젯밤 꿈에 나는 부산역엘 갔었네. 신의주까지 간다는 통일호가 떠날 시간이라는 것이었네. 내가 출찰구 앞에서 차표 파는 역원과 싸우고 있었네. 신의주행 침대표를 달라고 말이야……."

그는 도수 높은 안경알 속에서 그 티 없는 깊은 눈을 껌벅거리고 있었다. 이 동지도 거들었다.

"독일 국민을 보아. 이스라엘을 봐라. 마시자, 외상으로 가져와."

나는 주전자를 들고 술집으로 가고 있었다. 8월의 태양이 작열

하는 하늘에는 흰 구름이 한유하게 떠 있었다.

술집에서는 이 염천(炎天) 아래 작부를 끼고 앉은 청년들이 노래를 부르며 젓가락 장단을 맞추고 있었다. 어떤 영화의 주제가곡에 가사(歌辭)를 바꾼 것이었다.

     …… 남편이여 그대, 월남에나 가서,
     월급일랑 송금하고, 지뢰 밟아 죽어라.
     짝짜자자 짝, 짝 짜자자 짝,
     지뢰 밟아 죽어라, 헤이!

주전자를 들고 집에 도착하니 C 선생은 "문제는 뭔고 하니-"를 시작하는 중이었다.

세월은 물과 같이 흐른다고 사람들은 말한다. 흘러가 버리면 번복할 수 없는 것이 시간(時間)이요 생(生)이다.

음력 6월 27일, 나의 생일. 내가 이 세상에 나온 지 몇 날 째인가. 대충 따져보니 9천 9백 55일. 돌이킬 수 없는 이 많은 날들을 나는 무엇을 하며 보냈는가. 내가 그동안 배워 아는 것은 무엇이며 나는 도대체 무엇을 할 수 있는가?

나는 낙서를 하고 있었다.

-보다 고매한 인간 정신, 보다 진실한 애정의 모럴, 보다 아름다

운 이별, 보다 멋진 자살의 방법, 산에서 사는 작은 새는, 꽃이 좋아 산에서 사노라네. 꽃이 싫어도 산에서 살 수밖에 없는 새는 없을까. -

낙서한 것을 구겨 던졌다.

그녀, 도토리가 보고 싶다. 찾아갔다. 미역냉국을 만들어 주고, 그녀가 말하는 것이었다.

"선생님, 바빠지시기 전엔 뵙지 않겠어요. 오지 마세요."

돌아왔다. 나는 무엇인가. 나는 학생들을 가르칠 아무런 자격도 구비하지 못하고 있다. 그래도 강단(講壇)에 선다. 월 백 원씩 교과서 대금을 받아 쌀을 사먹고, 그러면서 청소년교육운동(靑少年敎育運動)을 하는 것이라고 말하는 놈.

밤이 깊어간다. C선생과 B선생이 술 마시러 가잔다. 싫다. 혼자 있고 싶다.

7월 25일. 여학생이 잊고 간 일기장(日記帳)이 눈에 띄었다. 망설이다가 읽어 보았다. 폐병을 앓는 아버지와 척추 수술을 하고 깁스한 채 누워 있으면서 신경질을 부리는 오빠의 이야기가 쓰여 있었다. 그리고 '죽음의 방'이라는 표현을 했다. 약을 사러 나간 어머니가 밤늦게, 약이라며 옥수수수염만 들고 들어 온 이야기도 있다. 어떻게 가꾸어 주나. 내일은 생각난 김에 가정 방문(家庭訪問)을 해야지. 기쁨을 내색하지 않아도 속으로는, 저에게 관심 갖는 선생이 있는 것만으로도 용기를 얻을 것 같다. 그리고 직장을 구해 주어야겠다.

7월 28일. '알' 문학 동인회(文學同人會) 월례 회의. 도토리는 결석이다. 그녀가 보고 싶다. 회원 R씨의 번역 작품인 '막심 고리끼'의 『26인과 하나의 소녀(少女)』에 다음과 같은 말이 있었다.

— 때때로 사람들은 자기의 사랑으로 상대방을 괴롭히고, 더럽히고, 가까운 사람의 생(生)에 대하여 해를 끼쳐가면서도 항상 자기의 사랑을 누구에게나 주려고 한다. 그것은 사랑하는 대상을 존경하지 않고 사랑하기 때문이다. —

생각해보니 사랑한다는 것은 이기(利己)였다.

회의에서 돌아오니, 운동장에서는 시간 강사들이 모여 앉아 술을 마시며 음담패설을 하고 있었다. 'X의 구조(構造)와 그 기능(機能)'에 관하여 논문을 쓰겠다는 E선생, 뚱뚱한 여자와 빼빼한 여자의 감각 기관에 대하여 논하는 G선생.

8월 4일. 이 동지가 말했다.

"잘못하다간 여기가 우리 생(生)의 끝이 되겠어."

향토방위군 훈련.

엉터리였다. 할 테면 무엇이고 철저히 하고, 그렇지 않으면 집어치우라.

C선생이 사회, 내가 국어와 영어를 가르쳤다. 달이 밝아 돌아가는 여학생들을 바래다주다. 달 밝은 밤엔 깡패들이 성가시게 군다

고 했기 때문이다.

'루이제 린저'의 『생(生)의 한 가운데』를 읽었다. 생(生)은 연습(鍊習)이 허용되지 않는 본무대(本舞臺)이다. 나는 나를 욕심껏 살아야 한다.

8월 10일. 입추(立秋)가 지났다. 밤엔 귀뚜라미가 운다.

C선생이 달밤에 만취하여 들어오며 소리치는 것이었다.

"우리에겐 아무 것도 없다. 너무나 없구나……."

"없으니까 앞으로 있을 가능성이 있잖아요?"

내가 달래서 양말을 벗기고 옷 벗겨 눕혔다. 아기같이 순진하고 단순한 커다란 덩치. 그의 허탈한 웃음소리에 콧날이 찡했다.

깊은 밤, 나를 방해하던 모든 것들이 잠든 후, 혼자서 책을 읽거나 음악을 들으면 천국(天國)이다. 그러나 나는 아무 일도 일어나지 않는 평탄한 생(生)은 원치 않는다.

8월 14일. 해방 23주년, 정부 수립(政府樹立) 스무 돌.

나같이 나이만 먹었지, 아직 미성년인 한국(韓國)이다.

8월 16일. 도토리를 찾아갔다가 어른들께 꾸중만 듣고 왔다.

"젊은 사람이 그렇게 한가한가? 일정한 직업이 있어야 할 게 아닌가?"

8월 21일. 어제부터 편입생 보충 수업을 한다. 봄에 모집한 40명이 거의 다 도망쳐서 다시 모집한 학생들이다. 이들은 모두 공장 직공들이어서, 출근 시간 전 두 시간을 하자면 새벽 5시에 시작해야 한다. 새벽잠에 빠져있는 나를 학생들이 와서 깨우는 것은 질색이지만, 어떻게든 좀 새로워지고 싶은 욕심으로 이겨낸다.

8월 23일. 어제 도토리가 찾아와서 함께 연화사(寺)엘 갔었다. 비가 밤까지 억수로 쏟아져서 돌아오지 못하고 밤을 지냈다. 그러나 아무 일도 없었다. 함께 돌아오면서 마냥 즐거웠다.

8월 29일. 세미코어주식회사(株式會社)에서 여직공을 모집한다기에 여학생들을 데리고 갔더니 중학교 졸업자로서 연령이 18세 이상이어야 된단다. 미국(美國) 사람들은 얼렁뚱땅 되지 않는다. '돔보스꼬'의 신부(神父)님을 찾아가 우리 학교 이야기를 자세히 하고, 추천서를 부탁했다. 이번 기회에 월급도 많고, 시설도 좋고, 하는 일도 수월한 세미코어에 나의 사랑하는 학생들을 많이 넣어야지. 종일 뛰어다니고, 밤늦도록 그들의 입사(入社)지원서를 작성.

9월 2일. 취직 부탁은 여러 사람에게 했는데 한 군데도 걸리지 않다가 대한일보의 H기자가 애써 거의 된 것을 내가 약속을 못 지켜 놓쳤다. 창간(創刊)되는 문예지(文藝誌) 기자. 나에겐 더없이 좋은 자리였는데 도토리에게 미쳐 싸돌아다니다가 '쌤통'이었다. 어머님께서 아시면 얼마나 노하실까. 그토록 엄해야 한다고 타일러 주셨는데.

9월 4일. 가을비가 몹시도 온다. 무능력, 열등감, 자책, 이런 것들이 엄습하는 날씨다. 나는 또 신춘문예(新春文藝) 광고가 나야만 미칠 것인가. 이럴 때가 아닌데. 도토리는 무얼 하고 있을까. 그녀를 가만히 보면 생각이 깊은 것도 같고, 생각이 모자라는 것도 같다. 어느 때는 여우가 되기도 하고, 어느 때는 천사다. 그녀는 여자다. 여자는 그저 밤엔 난폭하게 다루어야 되고, 낮에는 시침을 떼고 군자가 되어 무시해 버리라는 '히틀러' 광신자 B 선생의 말. 나는 그렇게 되지 않아.

9월 6일. ××출판사 편집 사원 모집에 응시. 이 동지와 교장은 기독교 세계봉사회(KCWC)에 구호물자를 받으러 갔다. 돌아와야 알겠지만 뻔하다. 몇 다리를 거쳐 오는 동안 실제로 받는 것은 출고증(出庫證)에 명시된 양(量)의 반도 못 될 것이다. 사회의 모든 일이 다 그 모양이다.

9월 7일. 아버님께서 편지. 생활이 말이 아닌 모양이다. ××출판사에서 통보, 낙방이었다.

9월 15일. 밤중에 잠이 깼다. 쿨쿨 자는 C 선생과 이 동지의 얼굴. 아버지의 편지가 눈에 띄었다. 누구에게도 부끄러운 나, 울고 울어도 풀리지 않는 울음을 C선생과 이 동지가 들을까봐 소리죽여 울었다.

9월 17일. 이 동지는 자기를 위장하여 큰소리를 잘한다. 걸핏하면 패스보드를 꺼낸다. 그 속엔 김현옥(金玄玉)시장과 함께 찍은 사진이 있다. 오늘도 술집에서 만난 처음 보는 사람 앞에서 그랬다. 그리고 술을 얻어먹었다. 약해진 탓이다.

9월 18일. 세미코어에 여학생 5명 합격. 반갑기 그지없다.

9월 20일. 국정 감사 나간 '주례의원(主體議員)'을 수행하고 돌아온 C선생이 또 분개했다. 팔을 비틀어 놓고 때려치운다는 것이었다. 최인훈(崔仁勳)의 『총독(總督)의 소리』를 읽던 참에 C선생의 푸념은 나를 슬프게 한다. 말렸다. 부서지는 것은 당신 주먹뿐이라고, 그는 우는 것이었다. 시계를 잡히고 술을 퍼마신 탓이었다.

9월 26일. 연애는 산문(散文)이고, 출산은 시(詩)이다. 결혼이 산문이면, 연애가 시다. 출산은 창조, 사랑니가 날 때 아프듯이 아픈 창조. 작품 쓴 것 우송. 몰래 몰래 쓴 것을 몰래 몰래 보내서, 덜컥 당선 통지를 받고 싶다.

9월 27일. 교실에 마루를 놓았다. 학생들이 좋아한다.

9월 28일. 10월의 '알' 문학 동인회 회의 장소가 도토리의 고향 집으로 결정됐다.

9월 29일. 요즘은 이사해 온 B선생 댁에서 식사를 한다. 처가집의 도움으로 생활하는 D당 대변인 B선생. 그야 아무렇지 않게 생각하지만, 그는 원래 그런 사람이고 그의 부인에게 미안하다.

10월 2일. 회의 차 회원들이 도토리의 고향집에 몰려갔다. 밤을 따고, 홍시를 먹고, 닭을 잡아먹고, 회원들은 돌아오고 나는 남았다.

10월 3일. 내 식성(食性)을 어떻게 알고 콩을 가려 푼 밥. 버스로 그녀와 함께 인천(仁川)으로 돌아와 소사(素砂)에 내린 것은 밤.

"추워?"

하고 내가 물었다.

"……."

그녀는 도리도리 했다.

달이 구름 속으로 들어갔다간 나오고 또 들어가곤 했다.

그녀와 나는 수녀원 울타리를 끼고 언덕길을 올라가고 있었다.

"어지러워……."

그녀가 말했다.

빨리 자립할 수 있어 그녀의 부모에게 청혼(請婚)하고 싶었다.

10월 10일. 울분을 풀길 없는 '영웅(英雄)의 집' 군상들은 오늘도 술 마시고 음담패설로 웃는다. '안톤 슈너크'의 『우리를 슬프게 하는 것』 속에 끼울 만한 풍경. B선생 부인이 생활고(生活苦)에 견디다 못해 친정에 갔다. 쌀 사다가 맨밥을 먹었다.

10월 19일. '가와바다 야스나리' 노벨상 수상(受賞). '재클린' 재혼. 도토리에게서 편지. 톱뉴스가 많은 날이다. 그녀에게 하얀 고무신을 사주고 싶다.

10월 20일 열강을 하고 나면 만족스럽다. 강의 듣는 태도가 조금만 못마땅해도 버럭 화를 낸다.

나 전체를 내던질 수 있는 것을 가져야 한다. 광기(狂氣)여 오라. 내가 아니게 하라. 그래서 내가 정말 나이게 하라.

연애 같은 것 하니까 여자를 모르고, 항상 생이 어쩌구 하니까 인생을 모르고, 일기나 끄적이니까 작품을 못 쓴다.

10월 30일. 연화사(寺)에 갔다가, 거기 먼저 와 있는 도토리를 만났다.

"인형의 집을 뛰쳐나간 '노라'와 집에 있는 '노라'를 가정하면, 어떤 '노라'가 더 용감하지요? 전자? 후자? "

그녀가 물었으나 나는 대답할 말이 없었다. 밤을 새웠다. 그러나 나는 아무 말도 못했다.

그녀의 집에서는 그녀의 혼담을 추진하고 있었다.

사랑하는 사람과 결혼하지 않을 수는 있지만, 사랑하는 사람과 결혼하지 못하는 것은 바보다. 사랑하지 않는 사람과 결혼할 수도 있지만, 그것도 바보다.

그녀는 정신을 잃었다. 굶고 밤새운 탓이지, 탓은 항상 무슨 탓. 나는 울고 싶었다.

제6장(第六章) 가을 산은 만산홍엽(滿山紅葉)

가을 산은 온통 홍엽(紅葉), 그녀의 미소가 꽃씨 터지듯 봇물로 번지게 할 수만 있다면 나는 죽어도 좋았다. 그러나 꽃씨 터지듯 봇물로 번지는 것은, 그녀의 미소가 아니고 나의 슬픔이었다.

집에 돌아오니 여전 술타령. 대두 한 말짜리 술통이 방 가운데 놓이고, 신문지를 깐 상을 둘러앉은 군상들. 대변인 B선생은 골프장을 생산 목적(生産目的)에 사용하기 위한 운동 방책으로 농우(農牛) 데모를 구상하고, 이 동지는 그동안 청소년 교육 운동(靑少年教育運動)한 것을 기반으로 하여 차기 국회의원 선거에 출마하겠다고 선언하고, 주례의원 비서 C선생은 팔을 걷어 올리고 새 질서를 운운하고, 또 한 사람은 이아무개(주례의원)에게 먼저 박수를 보내라고 반박하고, 또 한 사람은 소리 지르고, 또 한 사람은 춤을

추고, 또 한 사람은 노래를 하고, 술좌석은 새벽 2시를 넘자 무르익었다. 대변인 B선생 댁에 아침쌀이 없음을 나는 안다.

누군가 말했다.

"내가 집권하면 말야, 계집애들은 몽땅 몸뻬를 입히겠어. 그 미니스커트 땜에 사람 환장 허것당께루. 입술엔 빨간 뺑끼를 칠하고, 눈썹엔 꺼먼 뺑끼를 칠해 줘야겠어. 영구불변 색으루 말이여. 환장헐 것이여, 하하하하."

영웅(英雄)이었다. 영웅이나 그렇게 말할 수 있었다. 영웅의 집 술좌석은 점점 무르녹았다.

11월 7일. 미국(美國) 대통령에 '닉슨' 씨 당선(當選).

아침에 B선생이 불렀다. 건너가 보니 멀건 국수 한 사발씩을 후루루 마시고 있었다.

"경아, 국수가 밥보다 맛있지?"

B선생이 어린 딸에게 말했다.

"응, 라면을 섞으면……."

"아빠도 국수가 좋다. 라면을 안 섞어도 맛있어서 이렇게 잘 먹는다."

이 동지는 채권자에게 쫓겨 도망.

"어서 한 그릇 먹어. 작품은 좀 쓰나?"

B선생이 나를 본다.

"네!"

"그래, 죽어도 써라."

"네!"

나는 고개를 숙였다. 존경합니다. 존경합니다. 그런데 이 딸은 어찌합니까?

B 선생은 농우(農牛)데모를 추진하기 위하여 해진 외투 걸치고 당사(黨舍)에 출근.

11월 10일. 고등부 자치회장(自治會長)이 국민관으로 잠자리를 옮겼다. 그는 유리공장 숙련공으로 월 1만8천 원을 받는다. 저축을 해서 공장을 차리겠단다. 그는 나를 생각해서 국민관으로 온 것이다. B선생 댁에 폐 끼치지 말고, 나하고 자취를 하겠다는 것이었다. 아, 나는 이 지경이 됐다. 학생에게 붙어사는 기생충 선생.

이런 나를 보고 싶어서 도토리가 왔다.

가라는 말을 이날 처음 내가 했다.

밤, 작품을 쓰고 있는데 C 선생이 술 취해 들어왔다. 떠들고 오다가 파출소에 잡혀 들어갔더니 거기 대학교 선배가 있더라는 것이었다. 그 선배 순경이 오히려 사정을 하더라는 것이었다.

"여보게, 후배. 나 좀 봐주게. 날 좀 교통순경이 되게 해주게. 비서 나으리."

그리고 술을 사더라는 것이었다.

조금 후에 이번엔 대변인이 들어왔다.

"붙었어. 붙었단 말이야."

대변인은 들어서면서 소리쳤다. 그는 신문을 펴 보이면서 떠들었다. 골프장을 경작지나 주택지로 바꾸자는 성명서를 발표했더니 제1야당(第一野黨)에서 호응해 왔다는 것이다. 신문의 한 쪽 구석에 서너 줄이나 되는 기사를 놓고 떠들던 그는 "내일 나갈 차비 20원 누구 없나?" 하고 좌중을 둘러보며 웃는 것이었다.

사랑하는 도토리. 서울을 잠시 떠나려하오. 당신을 안 지 1년이 되오. 그동안 나는 아무것도 준 것이 없소. 준 것이라곤 괴로움뿐이었소. 그리고 받기만 했소. 당신에게 나도 괴로움 아닌 것을 주고 싶으오. 그래서 잠시 서울을 떠나오. 누구 말대로, 신춘문예 광고를 보았으니 내가 미치는가 보오. 웃어주오. 사랑하는 도토리.

11월 23일 오뚝이.

12월 10일
김 선생님! 무사히 도착했습니다. 작품 정리하는 동안 폐가 많았습니다.

김 선생님!
기쁜 소식이 있습니다. 재건국민운동중앙회에서 내는 국민신문사에 내일부터 출근입니다. 이 모든 것이 선생님께서 기도해 주신 덕택입니다. 감사합니다.

12월 15일. 능곡재건학교 신축 교사 낙성식에 취재차 출장. 카메라를 멘 기자(記者)의 맵시를 자랑하고 싶어 도토리네 집에 들르다.

12월 17일 . '모택동 감기' 모질기도 하다. 그러나 좋아라. 〈대한일보(日報)〉 문화부 기자의 전화. 내 작품이 심사위원들 간에 평이 좋단다. 예선을 통과한 것이다. 희망르포 기사 씀.

12월 18일. 크리스마스 파티. 학생들에게 선물을 듬뿍 안겨 주었다.

12월 25일. 작품 낙선. 심사위원 선생님께 직접 전화로 알아봤더니, 신문사의 규정 때문에 가작으로 뽑을 수 없어 최종(最終) 심사에서 아깝게 됐다고. 그러나 낙심 안 한다.

12월 31일. 도토리가 찾아옴. 1967년의 12월 31일 밤처럼, 함께 철야하기로 함. 그런데 그녀가 말했다.

"저 집에서 시키는 대로 딴사람과 결혼하기로 했어요."

"……."

나는 아무 말도 할 수 없었다.

"그래, 마지막 밤을 함께 갖자."

얼마 후에 내가 말했다.

우리는 밤을 새웠다.

그녀의 손목시계가 자정을 넘고 있었다.

"1969년입니다. 행복을 빕니다."

지난해 그녀가 서울역 앞을 지나던 버스 속에서 나의 건강을 빌던 것처럼, 내가 365일 만에 그녀에게 말했다.

우리는 모닝 커피를 한 잔씩 마시고 헤어졌다.

1969년 1월 1일. 신년 하례식.

나의 사랑하는 사람은 1968년과 함께 갔다. 아니, 죽었다.

1월 2일. 내가 손수 일해서 돈 벌면, 택시를 태워 준다고 그녀에게 약속했었다. 참을 수 없어 그녀를 찾아갔다. 뒤늦게 첫 월급을 탔던 것이다.

용기를 내어 그녀의 집 어른들 앞에서 청혼을 했으나 거절. 경제, 경제, 경제를 말하는 그녀의 아버지. 나는 첫 월급을 뿌리기로 했다. 처음이자 마지막으로 돈을 좀 뿌리고 싶었다. 택시, 택시, 택시로 대한극장까지 와 〈닥터 지바고〉를 보고 또 택시, 택시, 택시로 소사까지. 나는 외투 주머니에서 그녀가 주었던 도토리를 꺼내 반환하고 '안녕'이라고 말했다.

어머님!

용서해 주십시오. 제가 처음으로 번 많은 돈을 이렇게 써 버렸습니다.

어머님!

이젠 어머님의 아들로 살겠습니다.

1월 7일. 어젯밤엔 이 동지 친구의 약혼반지를 잡히고 6천 원어

치나 술을 마셨다. 그리고 그들은 나에게 첫 월급을 타서 다 뭘 했느냐고 따지는 것이었다. 나는 대답하지 않았다. 아침 굶고, 차비를 빌려 출근. 재건국민운동중앙회 기관지격인 신문사는 재정난으로 언제까지 버틸 수 있는지 알 수 없고, 술렁술렁. 금년에 고등학교 입학하는 큰 동생한테서 온 편지에는 입학금 걱정. 그런데 능곡재건학교의 김규성씨가 찾아왔다.

"함께 일합시다."

아침은 출근하여 10원짜리 건빵 한 봉지와 보리차. 돈 없어 일 없는 사무실에 앉아 있다가 점심 얻어먹고 퇴근.

국민관에서는 오늘도 술판이다.

수업. 마지막이 될 것 같다.

1월 11일. 국민관엔 오늘도 술이다.

싫다. 그리고 나이롱뽕이다. 싫다.

떠나자. 나를 살리기 위해, 이곳을 벗어나자. 착하고 좋은 사람들이라고 무한정 손잡고 마주 앉아 있다가는 나를 아주 죽이고 말겠다. 떠나자.

1월 12일. 몇 년 만에 처음이라는 폭설(暴雪). 신문사에 인사하고 국민관에 옴.

영웅의 집. 불 안 땐 방.

몇 사람의 영웅이 곤로 불에 손을 녹이며 '템펙스 템본' 특허 신청서(特許申請書)를 작성하고 있었다.

"……본 제품은 합성수지와 탈지면을 주원료로 한 위생적인 여성 생리대이다. 종래의 거추장스럽고 비위생적인 위생대와 달리, 사용하기에 간편하고 흡수력이 강하며 삽입 식으로 되어 있는 본 제품은……."

음담패설에서 발전한 이 사업이 시작되면, 이들은 또 명함부터 찍을 것이었다. 회장, 사장, 전무, 상무, 선전부장, 공장장, 그리고 과장.

벌써 한 사람은 해외 지사(支社) 설치 문제를 이야기하고 또 한 사람은 사장이면 벤츠쯤은 굴려야 된다고 열을 올리고 있었다.

자본주(資本主)는 어디에 있느냐면서 재떨이에서 꽁초를 찾고 있는 영웅들 옆에는, 이 동지가 채권자에게 쫓겨 도망치며 벗어 놓은 해진 바지가 놓여 있었다.

미안하다 이 동지. 고마웠다 이 동지. 안녕, 안녕, 안녕!

그리고 '영웅(英雄)의 집'이여, 안녕! 고독한 영웅들이여! 안녕. 학생들이여 안녕! 그리고, 서울이여 안녕!

제7장(第七章) 다시 재건학교로

앞으로 개뜰을 질러 흐르는 능곡천을 건너 멀리 군자봉을 바라보며 성지봉을 등지고 앉은 경기도 시흥군 수암면 능곡리 삼거리 마을.

사태골 산너머에서 아침 해가 솟아오르면 능곡, 목실, 두일 등의 인근 마을에서 중학교 제복도 말끔히 차려입은 남녀 학생 1백50여 명이 산길 들길을 걸어 꾸역꾸역 모여든다.

군자행(行) 3등 도로를 내달리는 시골 버스의 먼지도 푸짐한 마을 복판에 자리 잡은 6백40평의 아담한 운동장과 건평 80평의 백회를 칠한 세 개의 교실을 갖춘 이들의 배움 집, 여기 능곡재건학교(再建學校)!

조회 때마다 학생들의 교가(校歌) 합창은 마을을 울리고 산과 들에 메아리쳐서 가난하고 실의(失意)에 찬 주민들에게까지 희망을 주고 꿈을 심는다.

운동장의 노간주 나뭇가지에 걸린 가오리연이 꼬리를 흔들고, 눈 덮인 보리밭 두렁마다 발자국을 남기며 오줌장군을 지고 가는 농부의 가슴도 새날의 부푼 꿈으로 울렁거린다.

교장 김규성 씨가 지역 사회(地域社會) 개발을 결심하고 향리에 돌아온 것은 66년 1월. 가난하기에 진학을 못하고 실의(失意)에 빠져 있는 마을 어린이 열두 명을 모아 놓고 안산교회를 빌려 기독청년회원들과 함께 중학 과정을 가르치기 시작한 것이 일의 시초.

날로 증가하는 학생들을 수용하기 위해 교회 옆의 빈터에 열두 평의 흙벽돌집을 짓기로 결심했다.

부모님의 반대에도 불구하고 학생들과 함께 흙벽돌을 찍어 벽은 쌓아 놓았으나 지붕을 올릴 자재(資材)가 없었다.

인근 사람들은 미친 사람이라고 손가락질 하는 역경 속에서 각계 인사들을 찾아다니기 2개월.

때 이른 장마로 쌓은 벽이 무너질 위기 직전에 가까스로 지방 유지들의 후원을 얻어 지붕을 올릴 수 있었다.

마루도 없는 땅바닥에 짚을 깔고 교습을 시작, 66년 4월 29일에는 봄소풍을 갔다. 모처럼 자기네 집을 완성한 기쁨으로 그동안 피땀으로 뭉쳐 교실을 세우면서 누적된 피로도 풀 겸 떠났던 봄소풍. 그러나 신(神)의 시련은 너무나 가혹했던가. 기술 없이 쌓아

올린 흙벽돌이 무거운 기와지붕을 견디지 못하고 무너진 것이었다.

울었다. 그렇다고 울고 앉아 있을 수는 없었다. 만약에 수업 도중 일을 당했더라면 어떻게 됐을까, 오히려 감사 기도를 올렸다. 그리고 김 씨는 다시 일어섰다.

안으로는 '집 없는 아이'가 된 학생들이 교회로 창고로 전전하면서 수업을 계속하고, 밖으로는 부친인 김광수 씨를 설득시켜 밭 3백 평과 권시용 씨로 부터 6백40평의 대지를 기증받아 학생들과 부락민의 주력으로 교사 신축 기초 공사에 착수한 것이 67년 4월.

자금난(資金難)으로 67년 한 해 동안에 부려 다섯 번이나 공사를 중단하게 되자, 부락과 자매결연을 맺은 철도청(鐵道廳) 서울공작창에서 목재(木材) 일체를 기증해 왔다.

학생들이 풀씨를 채취하여 팔아 창유리를 끼우는 한편, 김 씨의 모교인 건국대학교(建國大學校)와 자매결연을 맺음으로써 아동용 책상 70조와 마이크를 기증받았다.

이같은 재건학교가 나날이 그 면모를 갖추고, 김 씨의 성실함이 널리 알려지자 마을 사람들은 힘을 모아 김씨 돕기 운동을 벌여 공사비(工事費)에 보태 쓰라고 20만 원을 전달하는 등 협조를 아끼지 않았다.

드디어 기공한 지 2년 만에 지난해 12월 17일 정오, 말끔히 단장된 교정에서 내외 귀빈을 모시고 낙성식을 갖게 되었다.

'위로는 하느님을 사랑하고 땅으로는 인간을 사랑하는 교육'을 표방하고 있는 이 학교의 교사 8명이 모두 크리스챤인 것이 특색. 학교 건물 옆의 축산 실습장(畜産實習場)에서는 렌드레스와 앙고라 등이 자란다. 개혁선교회의 '페드마' 씨가 기증한 여덟 마리의 흰 돼지와 20마리의 토끼 중에서 교사 신축자금이 딸릴 때 처분하고, 지금은 돼지 2마리와 앙고라 4마리밖엔 남지 않았지만 모두 암놈인 데다가 새끼를 가져서 곧 분만하리라 한다. 학생들이 교사 신축 작업 중에 틈틈이 하루 평균 1천 마리의 개구리를 잡아 삶아 먹여서 살찌운 돼지란다.

"농촌 부흥은 유축농업에서 시작해야지요. 능곡리 4개 부락 80여 호에 사는 4백여 주민들이 한 가구당 10여 마지기의 논밭에 목을 걸고 있어서야 가난의 때를 언제 벗겠습니까?"

김 씨는 자신이 작사한 〈유축농업 권장가〉를 보급 시키고 쇠고기 수입에 대해서도 일 잘하는 한우(韓牛)증식운동을 벌여야 한다고 기염을 토한다.

이미 수암면 일대에는 65년 봄에 심어 놓은 뽕나무가 3만 7천 주나 자라고 있다 한다. 김 씨의 상전(桑田)에는 5천 주의 4년생 뽕나무가 있어 춘·추잠(春·秋蠶) 여덟 장씩의 누에를 칠 수 있는데, 연 수입 16만 원이 가능한 이 상전에는 곁에 잠실까지 마련되어 있어서 학생들은 물론 재건청년회원들의 잠업 실습장으로 사용하리라 한다.

청소년 교육은 재건학교로, 성인 교육(成人教育)은 마을문고를 통하여! 이렇게 지방 사람이 뭉치면 농산물 가공(加工) 공장을 세워서 유휴(遊休) 노동력을 흡수하고, 나아가서는 배운 사람이면 모두 도시로 몰리는 농촌 문제를 타개하기 위해 기숙사까지 갖춘 실업학교(實業學校) 설립까지도 계획하고 있다.

아침이다. 학생들과 파고 묻었다는 펌프에서는 맑은 물이 콸콸 쏟아진다. 당번 남학생은 숙직실 부엌에서 돼지죽을 끓이고, 여학생 당번은 교무실의 책상을 물걸레질 친다.

새 아침이다.

사태골 산 너머에서 아침 해가 떠오른다. 희망의 아침 햇빛이 부채 살같이 퍼진다.

어느새, 등교한 학생들의 노랫소리가 능곡의 산과 들에 울려 퍼진다.

어머님!

저는 지난 2월 1일 눈길을 걸어 이곳에 왔습니다. '영웅(英雄)의 집'을 떠나 이곳으로 오던 날은, 눈이 쌓여 버스도 다니지 못했습니다. 그러나 저는 용감하게 걸었습니다.

어머님!

한 번 시작한 재건국민운동은 저를 여기까지 끌어왔습니다. 그러나 전번에는 타의에서였고, 어쩔 수 없는 형편에서였지만, 이번엔 제 자신이 깊이 생각한 끝에 택한 길입니다.

어머님!

저는 지난 4년간 제자리를 찾아 도는 팽이처럼 매를 맞았습니다. 매를 맞으면서 이리저리 방황했습니다. 이제 제자리를 찾은 팽이는 섰습니다. 돌 자리를 찾아 선 팽이는 움직이지 않고 팽팽 돌겠습니다.

어머님!

조용한 방을 얻어 제 손으로 밥을 끓여 먹으며, 낮에는 학교에 나가 학생들을 가르치고 밤에는 늦도록 까지 공부하고, 돼지를 키우고, 양을 기르겠습니다.

어머님!

안심하십시오. 어머님의 아들은 못난 놈이 아닙니다. 겨울이 가면 봄이 옵니다. 월급타서 적절히 쓰고 저축했다가 어머님의 옷감을 끊어 보내겠습니다. 어머님의 좋은 솜씨로 지어 입으시고, 아들이 사는 곳을 구경 오셔야지요.

어머님!

저는 술도 담배도 끊었습니다. 그 돈을 아껴서 저축도 하고, 건강을 위해 계란을 한 개씩 먹겠습니다. 그리고 종교(宗教)를 갖겠습니다.

다시 편지 드릴 때까지 안녕히 계십시오.

2월 15일. 개교 3주년.

창밖엔 함박눈이 쏟아지고 있었다. 기념식을 처음 갖는다고 했다.

일없는 사람들이나 생일을 찾는다.

"3년 전에 우리는 집이 없었다. 그러나 오늘 우리는 집을 가졌다. 여러분의 피땀으로 만든 집이다. 하면 되고 안 하면 안 된다. 우리는 앞으로도 계속하여 일하고 또 공부해야 한다. 무엇인가 하는 사람은 산 사람이고, 아무것도 하지 않는 사람은 죽은 사람이다. 우리가 일하고 공부하는 한, 우리에겐 희망이 있고 꿈이 있다. 하느님께서는 우리가 필요해서 우리를 창조하셨다. 우리는 창조주의 뜻에 합당한 사람으로 살아야 한다. 우리는 이 세상에서 요긴한 재목이어야 한다."

교장 김규성 씨의 힘찬 말로 기념식을 간단히 마치고, 수업을 했다. 창밖엔 계속 하루 종일 눈이 내리고 있었다.

2월 22일. 제1회 졸업식.

3년 동안 학교를 만들기에 여념 없이 돌을 나르고 흙을 진 졸업생 전원이 언제 공부하여 고교(高校)입학자격 검정고시에 합격했을까. 내빈들의 칭찬이 자자했고, 나도 놀랐다. 사철나무 화관을 목에 걸고 떠나는 졸업생들은, 보내기 아쉬워하는 교장선생님의 회고사와 재학생 대표의 송사에 느껴 우는 것이었다.

김 선생님!

오랫동안 편지 올리지 못했습니다.

저는 서울을 떠나 이곳으로 왔습니다. 이곳의 이야기는 동봉하는 기사를 읽어 보십시오. 신문사에 나가는 동안 제가 작성한 것입니다. 하느님께서는 저를 이곳에 보내시려고, 잠시 신문사에 나가게 하셨습니다. 신문사에 나가게 되지 않았더라면 저는 이곳에 출장 나오지도 않았을 것이고, 제가 본 대로 들은 대로 쓴 기사로 연유하여 이곳에 올 수도 없었을 것입니다. 그랬다면 저는 아직 '영웅(英雄)의 집'을 탈출하지 못하고 서울에서 방황을 계속할 것이며 괴로움 속에 있을 것입니다.

김 선생님!

저는 제가 쓴 이곳의 기사를 김 선생님께 보내드리기 위하여 가위로 오리면서, 제가 수복지구(收復地區)에 있을 때 김 선생님께서 저에게 보내기 위해 불란서 포도 재배 전문가의 글을 오리셨을 것을 생각했습니다.

저는 그 후 김 선생님의 뜻을 어긴 것은 아니지만 어떻든 포도 묘목과 그곳 학생들을 두고 서울로 나왔습니다. 그리고 저는 괴로워했습니다. 때마다 저는 선생님께서 오려 보내주신 그 글을 읽어 보곤 했습니다. 그리고 항상 땀 흘려 일할 터전을 생각했습니다. 그러나 하느님은 오랫동안 저에게 고통의 쓴 약을 주셨습니다. 그러다가 이곳으로 저를 보내주셨습니다.

애당초 서울은 제가 살 곳이 아니었습니다. 저는 이곳에 저의 뼈를 묻기로 맹서했습니다. 어떤 난관이 와도 저는 이겨내겠습니다. 수복지구에서 그리고 서울에서 저는 많은 일을 겪었습니다. 그동안 저는 조금 강해졌습니다.

김 선생님!

저는 지난 구정(舊正) 때, 큰 동생의 고교 입학금을 가지고 집엘 갔었습니다. 부모님께서 대단히 반가와 하셨습니다. 13개월 만이었습니다. 그곳에서 제가 하던 재건학교는 가까스로 명맥만 유지해가고 있었고, 유난스럽던 면위원장은 서울로 이사 가고 없었습니다.

"강 선생이 여기 아직 있었더라면, 재건학교가 하나 우뚝 섰을 거야. 저 산언덕에 말이지……."

동생의 담임 선생이 말했습니다.

김 선생님!

젊음을 밑천으로 땀 흘려 일하겠습니다. 김 선생님을 너무나 빼닮은 이곳의 김규성 동지와 함께 쓰러질 때까지 일하겠습니다. 모든 지난 일들은 오늘의 저를 만들기 위해 필요한 것이었다고 생각합니다. 무엇이 옳고, 무엇이 옳지 못한 것인가를 스스로 깨닫게 하기 위하여 시험하신 하느님께 감사드리고, 제가 저지른 과오에 대하여 깊이 뉘우칩니다.

이 동지께!

편지 받았습니다. 서두에 '오뚝이에게'라고 쓰신 것이 저를 감격하게 했습니다. 정말 다시 쓰러지지 않는, 쓰러져도 곧 일어나는 오뚝이가 되겠습니다. 여전히 국민관에 모이는 사람들은 몸부림을 치고 있다는 당신 표현이 저의 마음을 안타깝게 합니다.

고마운 당신. 저의 퇴거 신고를 해주시겠다고 하셨습니다. 이곳에 전입신고 될 저의 주소와 호주성명을 적어 보냅니다.

이 동지, 항상 저의 작품은 주제 의식(主題意識)이 박약하다고 하시면서도 원고지를 구해다가 책상 위에 놓아 주시던 당신, 작품을 열심히 쓰고 있습니다. 당신께서 만족하실 문제성을 염두에 두고 밤을 새워가며 쓰고 있습니다.

제목은 「방화(放火)」입니다.

국민관에 모이는 사람들은 그 집이 있기 때문에 그 집에 모입니다. 그들은 그 집이 없으면 고통으로 몸부림치다가 탈출구를 발견할 사람들입니다. 그런데 그 집이 있기 때문에 그 집에 모이고, 모여서는 적당히 해소합니다. 절실한 자기의 문제로, 각자가 자기의 밀실(密室)에서 그것을 통감하면서 탈출의 계기를 마련해야 할 시기를, 모여앉아 음담패설로 넘겨 버리게 만드는 집.

저는 여기에 '알' 문학 동인회의 취지문에 인용했던 '헤르만 헤서'의 말을 되새겨 봅니다.

— 새는 알을 까고 나온다.

알은 세계다.

태어나려는 자는 한 세계를 파괴해야 한다. ―

이 동지!

저는 제 작품 「방화(放火)」에서 '영웅(英雄)의 집'을 불사르는 이야기를 쓰고 있습니다. 그 집이 그들을 태어나지 못하게 막고 있는 것입니다.

태어나려는 자는 아픔을 회피하지 않습니다. 그런데 그 집이 그들을 유혹합니다. 아편처럼 그들을 잠시 동안 즐겁게 해줍니다. 그들은 이 아편에 중독되어가고 있습니다. 그래서 그들에게 백해무익한 '영웅(英雄)의 집'을 불 지르는 것입니다.

학생들은 어떻게 처리했느냐고요?

착하신 이 동지, 그보다 앞서 그 집에 모이는 영웅들은 어떻게 처리했느냐고 묻지 않으시는군요.

저는 다시 '토마스 울프'의 「다시는 돌아올 수 없으리」의 마지막 구절을 인용합니다.

― 더 큰 지식을 얻기 위해서 네가 알고 있는 이 땅을 잃어버릴 것, 더 큰 삶을 갖기 위해서 네가 가진 삶을 잃어버릴 것, 더 큰 사랑을 찾아서 네가 사랑하는 친구들을 버릴 것 고향보다도 더 정답고 이 지구보다도 더 큰 땅을 발견할 것.―

사랑하는 이 동지!

우리는 무엇을 소유하기 위해서는 그보다 앞서 무엇인가를 버려야 합니다. 선택(選擇)은 잃어버림을 전제(前提)로 합니다. 우리는 늦었지만 이제라도 우리의 길을 찾아 떠나야 합니다. 언제나 결단을 내릴 때는 아픔이 요구됩니다. 술 마시고 음담패설로 아픔을 회피하지 맙시다. 언제라도 치러야 할 대가입니다. 하루하루 늦어질 뿐입니다.

저는 서울을 떠났고, 목숨처럼 사랑하던 '도토리'도 떠났습니다. 저라고 왜 아픔을 감지하지 못하겠습니까? 그러나 저는 저의 길을 가겠습니다. 저는 정말로 명실 공히 청소년교육을 하겠습니다. 저의 아버지께서 하시려다 못하신 일을 계승하겠습니다.

나의 영원한 친구!

생(生)은 그리고 사랑은 끝이 없습니다. 죽음도 끝이 아닙니다. 그녀, 도토리는 내 생의 기념비(紀念碑)입니다. 나는 첫 월급으로 하얀 여자 고무신을 사놓고, 소사와 군자를 왕복하는 버스가 지나갈 때마다 그녀를 생각합니다.

그러나 저는 그녀에 대한 사랑을 작품으로 승화시킵니다.

1969년 2월 28일. 4년 전 오늘 저는 수복지구에 도착했습니다. 그로부터 1460일. 이제 다시 맞는 봄, 새 희망의 설계로 저의 가슴은 뜁니다.

이 동지!

그만 써야겠습니다. 주인집 소녀가 "선생님, 여덟 시 반이에요." 라고 말합니다. 출근 시간입니다.

오늘은 종업식(終業式)이 있습니다. 그리고 오는 3월 5일에는 69학년도 신입생 입학식입니다. 봄방학 4일 동안 이곳 학교에서는 신년도 계획을 수립할 것입니다. 그런데 그 곳의 당신은 왜 가만히 있습니까. 남들은 일하는데 당신은 왜 '시계 없는 대합실'에서 잠을 잡니까?

사랑하는 당신,!

당신이 어서 당신의 차를 타고, 넓고 먼 당신의 길을 달리기를 바랍니다. 그래서 나를 춤추게 할 당신의 소식을 주십시오.

아침 햇빛이 나의 창문을 환하게 비칩니다. 나가야 되겠습니다. 쓰다가 이렇게 놓아두고 나가도, 내가 들어올 때까지 건드리는 사람이 없습니다. 오늘 밤 다시 계속하여 쓰겠습니다.

1969년 2월 28일 아침. 오뚜기 올림.

방화(放火) Ⅱ

서장(序章) 《크리스챤신문》 입사

"가난, 질병, 세파의 비정에도 불구하고 불우 청소년 교육의 일
념으로 수복지구, 서울, 시골을 전전하며 인생의 참뜻을 찾아 유
전하는 한 젊은이의 외침"

이것은 그해 12월호 《신동아(新東亞)》에 발표된 나의 수기 「방화
(放火)」에 붙어 있는 사족이었다. 솔직히 좀 낯간지러운 표현이기
도 했다.

이보다 앞서 《동아일보(東亞日報)》 1969년 8월 6일 자에는 신동
아 복간 5주년 기념 60만원 고료 논픽션 당선작 발표가 있었고, 그
해 8월 9일 오전 11시, 세종로의 동아일보 사장실에서 나는 상장
과 10만원의 고료를 받았다. 우수작이었다.

60년대가 저물고 있었다.

대학 재학 중에 4·19를 겪었고, 전방에서 군대 생활을 하면서 예배당을 빌려 시작한 야학운동이 10년 세월로 접어들고 있는 그야말로 다사다난했던 60년대가 저물고 있었다. 잡지에 발표된 내 글을 읽고 많은 사람들이 편지를 보내주었다.

강정규(康廷珪) 씨에게

1-5-1970

1969년 12월 《신동아》에서 당신의 작품 「방화(放火)」를 읽었습니다.

그것을 통하여 제일 먼저 받은 인상은, 언제나 무엇인가 기다리는 마음으로 꾸준히 받아온 한국 잡지가 여기에 하나 대화자를 보여주었구나 하는 고맙고 반가운 마음이었습니다. 같은 호 P. 174~185에 한국과학기술소장 최형섭(崔亨燮)씨가 하신 (젊은) 사람들이 바보 소리를 들을 정도로 (공부를 해 주어야) 살아야 (우리나라에도) 학문이 자리 잡고 축적(蓄積)이 생긴다는 말은 당신의 뜻과 상응하는 것이었습니다. 원래 그것이 생(生)의 순수철학론이고 보니 생각하는 사람들의 생각이 하나로 말지어지는 것이 신기할 것은 없지만 거기까지가 어려운 것이니, 당신의 글은 전국의 뜻을 같이하는, 묻혀 사는 사람들에게 큰 위안이 되겠습니다.

「방화(放火)」를 탄생시켜준 심사위원들에게 찬사를 보내며, 앞으로도 당신의 피맺힌 말마디들이 한 알 한 알의 밀알이 되어 만석의 수확을 거두어들일 수 있기 바라며, 이만 그치겠습니다.

박*진(朴*鎭) 드림.

멀리 캐나다에서 온 편지였다.

편지뿐만 아니라 현재 반월공업단지 근처의 내 일터를 직접 찾아오는 사람도 있었다. 철원에서 야학을 할 때부터 관심을 갖고 있던 소설가 백인빈(白寅斌) 씨 (그는 당시 대통령 경호실실에 있었다.), 나 같은 사람을 신랑감으로 점찍고 오빠와 함께 선을 보러온 상주의 어느 여선생님도 있었다. 그리고 《선(線)》이라는 등사판 동인지를 내고 있는 젊은 목사님도 있었다.

"선(線)은 한 번 그어지면 함부로 다룰 수가 없습니다. 왜냐하면 거기 위엄이 깃들기 때문입니다. 나라와 나라 사이에 선(線)이 그어지면 국경선이 되고, 생각에 선(線)이 그어지면 이념이 되고 철학이 됩니다, 이러한 선(線)은 이왕이면 곧아야 합니다. 곡선은 결국 제자리를 맴돌지만 직선은 영원을 지향하고, 영원을 동경하기 때문입니다……."

그들은 신학대학 동창 가운데 좀 괴짜 축에 드는 사람들로, 줄을 배격하며 70년대를 고뇌하고 있었다. 나도 그들 축에 끼었다. 그러므로 나 또한 고뇌하고 있었다.

캐나다에서 배편으로 보내 온 키에르케코르의 영문판 전집이 나의 고뇌를 부추기고, 직선을 지향하는 젊은 친구들이 전해주는 다석(多夕) 유영모(柳永模) 선생의 산 날 수를 셈하며 산 삶이 나의 목을 옥죄었다. 도스토옙스키가 끌어내리고 헤르만 헤세가 끌어올리기도 했다.

"……두 개의 언덕은 하나의 골짜기를 만들고, 하나의 골짜기는 두 개의 언덕을 만들지. 두 개의 언덕 위에는 각각 절간이 하나씩 있고, 두개의 언덕이 만드는 하나의 골짜기에는 한 마리의 개가 살고 있었지. 두 개의 언덕 위에 있는 절간에서는 끼니 때마다 종이 울리고, 때마다 골짜기에 사는 한 마리의 개는 종소리가 먼저 울리는 절간으로 뛰어가 밥을 얻어먹었지. 밥 먹기에 정신이 팔린 한 마리의 개는 맞은 편 언덕에서 뒤늦게 들려오는 종소리를 듣지 못했지. 이쪽 언덕 위의 절간에서 밥을 얻어먹을 때는 저쪽 언덕 위의 절간에서 들려오는 종소리를 듣지 못하고, 저쪽 언덕 위의 절간에서 밥을 얻어먹을 때는 이쪽 언덕 위의 절간에서 울리는 종소리를 듣지 못하고……. 그러던 어느 날의 일이었네. 뻐꾸기 울음소리 낭자한 두 개의 언덕이 만드는 하나의 골짜기에서 깊은 잠에 빠져있던 한 마리의 개는 요란하게 들려오는 종소리에 놀라 잠이 깨었지. 그러나 그 날의 종소리는 이상하게도 어느 한쪽의 절간에서 들려오는 것이 아니라, 두 개의 언덕 위에 있는 두 개의 절간에서 한꺼번에 들려오고 있었지. 전에 없이 한꺼번에 들려오는 두 개의 종소리 사이에 긴 한 마리 개는 오도가도 못하고 갈팡질팡하다가 그 끼니를 굶고 말았지. 그 다음 끼니, 그 다음 다음 끼니 때도 두 개의 종소리는 한꺼번에 들려오고, 두 개의 종소리 사이에 긴 한 마리의 불쌍한 개는 번번히 오도가도 못하고 갈팡질팡하다가 그 끼니를 건너 뛸 수밖에 없었지. 굶고 굶고 또 굶다가 배고파 허기진 한 마리의 불쌍한 개는 두 개의 언덕이 만드는 하나의 골짜기에서 다시는 깨어날 수 없는 깊은 잠 속으로 빠져들고 있었지. 뻐꾸기 울음소리 낭자한 깊은 골짜기 속으로, 속으로……."

솔숲 속에서 막걸리에 취한 내가 말하고,

"간단한 얘길 뭐 그렇게 길게 말할 게 뭐 있어?"

한 친구가 토를 달고,

"나는 좀 에로틱하게 들리는 말인데,"

다른 친구가 이죽거리고, 그러나 처음부터 진지하게 듣고 있던 이현주(李賢周) 목사(동화작가, 그는 당시 크리스챤신문의 특집부장이었다)가 천성인 진지한 목소리로,

"강 형, 자학이 심하군."

하고 한마디 했다.

"자학이 아니라 자책이지."

내가 말하고,

"그게 그 말이지 뭐. 그러니까 어떻게 하고 싶다는 거야?"

또 다른 친구가 채근했다.

"10년 동안 계속해 온 '불우 청소년 교육' 어쩌구 하는 것이 이젠

한갓 허울 좋은 호구지책이 된 것 같아. 차라리 여덟 시 출근, 다섯 시 퇴근, 떳떳한 월급 받아 살고 싶어."

내가 말했다.

1973년 여름, 어느 날의 일이었다. 이현주 목사가 다시 찾아왔다.

"강 형, 직장을 갖고 싶다구 했지?"

"그랬지, 사실 이제 중학교 못 가는 아이 별로 없거든."

"생각해 봤는데 강 형이 내 자리로 와."

"……."

"나는 다른 직장 찾으면 되거든."

"그래두 돼?"

"그럼 이력서 써 갖구 내일 모레 쯤 들러."

이현주 목사는 그 말을 하러 안산까지 달려왔던 것이다. 그리고 그것은 내게 '인생의 참 뜻을 찾아 유전'해 온 10년의 종지부를 찍게 했다.

기독교계 초교파 주간지인 《크리스챤신문》은 종로 5가의 기독교회관 3층에 있었다.

이현주 목사는 '크리스챤 아카데미'로 일자리를 옮기고, 나는 곧바로 편집국 기자로 채용되어 그해 11월 11일부터 출근했다.

같은 건물에 기독교방송과 NCCK(한국기독교교회협의회)가 있었고, 같은 층에 바로 《현대문학(現代文學)》사가 있었다. 대학 다닐

때부터 제호의 글씨만 보아도 가슴이 뛰던 잡지였다.

나는 다달이 월급을 받았고, 결혼도 했다. 낮에는 직장에서 기사를 쓰고, 밤에는 집에서 소설을 썼다. 대통령 긴급조치로 교계 인사들이 잡혀가고, 그 가운데 친구도 끼었다.

내 소설이 안수길(安壽吉)선생 추천으로 《현대문학》에 발표되어 꿈에도 소원이던 작가가 되고, 직장에서는 실력을 인정받아 승진도 했다. 그러나 나의 주된 일터인 한국 교회는 몸살을 앓고 있었다.

'이 땅에 성령의 계절이 오게 하자.'는 대형 집회가 열리는가 하면, 한쪽에서는 구속 인사들이 십수 년씩 징역형을 받았다.

내한 이래 주로 도시산업선교에 종사해 온 조지 E 오글(한국명 오명걸)선교사는 유신 반대 이유로 결국 추방되었다.

"한 젊은이가 희생을 당하므로 다른 사람들이 소망을 갖게 됩니다. 그러나 본인에게는 아무런 소망도 혜택도 없습니다. 계속 고생만 합니다. 이런 일을 신자의 입장에서 보면 바로 십자가를 지는 일입니다. 기독교는 십자가의 종교입니다."

그가 마지막으로 내게 건네 준 원고의 마지막 부분이다.

이런 와중에서도 신문사의 모체가 되는 한국가정문서선교회는 미국 본부의 지원을 받아 안양에 제지 회사를 세우고, 인쇄소도 인수했다.

세계가정문서선교회의 실무책임자인 이요한 박사는 세계 각국으로 보내질 전도지를 한국에서 전량 제작할 계획이었다.

신문사는 새로 인수한 인쇄소가 있는 용산구 원효로 1가의 새 건물로 이사했다. 1층에는 인쇄소가 있고, 2층에는 선교회가 자리 잡고, 3층을 신문사가 사용하게 됐다. 그리고 나는 편집국 부국장이 됐다.

70년대가 저물고 있었다.

직장을 잡아 생활이 안정되고, 나를 소설가가 되게 한 70년대가 저물고 있었다. 그리고 10·26이 있었다.

제2장(第二章) 김*호 회장 만나

눈이 내리고
눈 위에 지척지척 비가 내리고
우릉우릉 무너지는
한밤의 겨울 천둥
비눈개비 얼음벌에
아기 오시네.

하늘로 녹이 쓸은 첨탑(尖塔)의 숲
십자가(十字架)
가시관 어디에나 무더기 산(山)을 쌓은
핏자죽 임리(淋漓)하고
눈물 얼어 꽝꽝 터진

무망(無望)의 이 골짜기에
아기 오시네.

꺼이꺼이 이리 울음
양의 탈을 쓴 이리들의 붉은 눈 싸다니고
이리 탈 쓴 양무리의
거짓 울음 낭자한

거짓 목자 양을 팔아
이리에게 넘기는
아흔아홉 방황하는 겨울 양의 벌판
홀로 울며 어린 목자
아기 오시네.

미쳐서 활활 불이
불을 부르고
더욱 갈아 푸른 칼
총과 총포(砲)가 포(砲)를 서로 부르고
핵(核), 화학(化學)
광선무기(光線武器) 무진장의 지구(地球)
죽음

강한 자가 약한 자를

약한 자가 강한 자를

증오가 그 사랑

압제가 그 자유

폭력이 그 평화

잔인이 그 연민을 학살하는

천 구백 팔십년대

우리들의 세기(世紀)

자멸과 그 포기

간구와 통회 위에 눈이 내리는

지척지척 한밤중에

비가 내리는

캄캄한 벌 오막집에

아기 오시네.

바람치는 외양간에

아기 오시네.

　박두진(朴斗鎭)의 성탄시 '아기 오시네'는 교정지 검열에서 삭제되었다. 그 자리에는 엉뚱한 사람의 다른 글이 들어갔다.

　《현대문학》에 보낸 내 소설 「담지(潭池)」 또한 보안사 검열에 걸렸다고 교정지로 회송돼 왔다.

　나는 그 '십자가'를 질만한 용기가 없었다. 소설 대신 동화를 쓰기로

했다. 그리고 기자 생활은 10년만 채우기로 했다. 그것 또한 한갓
호구지책에 불과했기 때문이다.

　나는 어느 날 사장실을 노크했다.
　신문사 사장이면서 한국가정문서선교회의 한국 총무이기도 한
이창식(李昌植) 장로는 반백의 머리에 영국풍의 신사였다.
　"우리 신문은 창간된지 20년이 지났고, 한국 교회는 곧 선교 100
주년을 맞게 됩니다. 지금 우리 신문이 해야 할 일은 기독교 문화
에 대한 관심과 기여라고 생각합니다."
　"무엇을 어떻게 해야 한다고 생각하는지 구체적으로 말해 보
게."
　나는 계획서를 펼쳐 놓았다.
　"돈이 들겠구만."
　"네, 그렇습니다."
　"생각은 좋은데 형편이 좋지 않네. 자네가 스폰서를 구해 볼 수
없겠나?"
　나는 계획서를 접어들고 사장실을 나왔다. 그런데 편집국의 내
책상 위에 우편물이 몇 개 놓여 있었다. 그 가운데 하나가 '명성(明
星)그룹'의 콘도미니움 분양 홍보지였다.
　"콘도? 콘돔? 이거 뭐지?"
　내가 홍보지를 흔들며 말하고,

"명성요? 그 명성 높은 신흥 재벌이죠. 장로님이 그 기업 총수입니다."

취재부장이 대꾸했다.

나는 곧바로 다이얼을 돌렸다. 비서가 전화를 받았고, 회장 인터뷰를 청했다. 비서는 전화번호를 묻고, 차례가 오면 연락해 주겠다고 말했다. 일간지 기자들도 줄을 섰다고 했다. 나는 편지를 쓰기로 했다.

명성(明星)그룹 회장
김＊호 장로님께

제례하옵고, 주 안에서 장로님의 건승을 빕니다.

격동의 60년대 초, 복음선교의 비젼·교회 갱신과 일치·신앙의 생활화를 사시로 창간된 저희 《크리스챤신문》은, 지난 21년 동안 온갖 어려운 여건 속에서도 한국 교회 언론의 중추적 역할을 감당해 왔습니다.

'땅끝까지 이르러 내 증인이 되라'는 주님의 말씀을 준행하기 위해 성실히 일해 온 저희 신문은 오는 7월 9일로 창간 21주년을 맞게 되고, 같은 주간에 지령 1천호를 발행하게 됩니다.

그동안 독립 사옥을 마련하고 옵셋 인쇄 시설까지 갖춘 본보는 국내 8개 지사 및 세계 50여 개국에 수많은 독자를 확보하였고, 이제 성년을 맞아 탄탄대로를 다져나가면서 뜻깊은 이날을 맞이하여 모처럼 작은 잔치를 준비 중에 있습니다.

이 날을 기념하기 위해 본사 시설을 활용하여 16면 칼라판 제작을 기획하고 있는 본보는 한스 웨버, 유르겐 몰트만, 제임스 콘 등의 세계 석학들이 친히 보내

온 논문과 현상 모집에 당선한 국내 신학 논문 및 단편 소설이 게재될 것입니다.

또한 빌리그래함 등 세계적인 교회 지도자와 한국 교회의 지도자, 각 교단장 그리고 문공부장관과 사회 저명 인사의 축사를 받게 됩니다.

물론 지난 5월 5일 어린이날을 기하여 공모한 기독교 어린이 미술 당선작도 원색으로 게재하여 약 5만 부를 배포하게 됩니다.

복음 선교의 역군이 되고 기독교 문화 창달의 기수가 되기 위해 이같은 계획을 추진하면서 하느님의 인도하심으로 장로님의 돈독한 신앙과 귀 명성그룹의 기업 이념을 접하게 된 본인은 반가운 마음을 금할 길이 없습니다.

드릴 말씀은,

이 땅에 복음 전파의 사명과 기독교 문화의 뿌리를 내리기 위해 일하는 동역자로서 상호 협력의 유대를 맺는 뜻으로 본보 창간 21주년 및 지령 1천호 지상에 '전면 칼라 명성그룹판'을 할애하고자 하오니 실무진을 통하여 문안을 작성하여 주시면 감사하겠습니다.

올 칼라 전면 광고료를 계산하면 1백 50만 원이 되오나 문서 선교의 중요성과 이같은 뜻깊은 기념 행사에 동참 협력하시는 의미에서 특집 제작 및 행사 소요금액 3백만 원을 협찬해 주시옵기 바랍니다.

끝으로, 이같은 사무 절차를 떠나 근일 중에 시간을 내주시면 일차 상면의 기회를 갖고 주님의 사랑을 나누며 정중히 모시고 싶사오니 하회있으시기 앙원하나이다.

귀 가정과 섬기시는 교회, 그리고 명성그룹에 하느님의 은총이 함께하시기를 기원합니다.

1981년 5월 22일

주식회사 크리스찬신문

대표이사 이 * 식

나는 편지를 타이핑해 가지고 다시 사장실을 노크했다.

"읽어 보시고 서명해 주시기 바랍니다."

"잘 썼군."

"잘 쓰지는 못했지만 연락은 올 것 같습니다."

예상대로 연락이 왔다.

"강 국장이 시작했으니 책임지고 잘해 보게."

'명성(明星)그룹 회장(會長) 김철호 장로(金澈鎬長老)를 찾아' 인터뷰 기사는 내 손으로 쓰여졌다. 그리고 곧이어 지령 1천호 특집호에는 '기독교 문화(基督敎文化) 정착의 웅지(雄志)펴는 명성(明星)그룹'을 제목으로 뽑은 기사 형식의 광고면이 컬러 사진을 곁들여 들어갔다. 거금 3백만원짜리였다.

이것이 결국은 훗날 나 자신은 물론 《크리스찬신문》에 족쇄가 될 줄은 아무도 몰랐다.

제3장(第三章) 불길한 예감

　나중에 안 일이지만 명성의 김철호 회장이 《크리스찬신문》에 호감을 갖고 도운 것은 당시 명성그룹의 자금 출처가 혹시 통일교가 아니냐는 여론에서 기인 된 것이라고 했다. 그 때문인지 김 장로는 인터뷰 때도 보수 신앙을 강조한 바 있었다. 그러나 그는 서울YMCA 종로회관 강당에서 거행된 《크리스찬신문》 창간 21주년 및 지령 1천호 기념행사에는 참석하지 않았다. 14개 계열 회사를 거느린 재벌그룹 총수는 바쁜 몸이었다.

　기념 특집호에는 해외 석학인 위르겐 몰트만의 '희망과 용기'가 게재되었고, 문익환 목사의 부친 문재린 목사의 글도 실렸다. 그는 '오늘의 고난은 바로 주님 가신 길'이라고 전제하고 '크리스찬은 사회 정의 실현에 앞장서라'고 역설했다. 이 말은 그해 3월 3일

출범한 제5공화국의 시정지표인 '정의사회의 구현'과도 비슷한 것 같아 신문을 만들며 편집국 식구끼리 한바탕 자조의 웃음꽃도 피웠다.

문 목사는 그러나 자신의 글에서,

"크리스찬만이라도 올바른 천국 정신을 가지고 한반도 강산에 하느님 나라를 건설하는데 온 힘을 기울여야 할 것"

이라고 힘주어 말했다.

신문은 가야 할 길을 가고, 기자들은 해야 할 일을 했다. 광복절 36주년 기념 논단으로 안병무 박사(한국 신학연구소장)의 '해방·통일·교회'를 게재하고, 흑인 신학자 제임스 콘의 '복음과 가난한 자의 해방'을 실었다. 한국 교회 1백 주년을 조명하는 특집을 기획하고, 민중 신학을 심도 있게 다루기도 했다.

하루는 사장인 이창식 장로가 나를 보자고 했다. 그해 초가을이었다.

약속 장소는 하얏트 호텔 양식점이었다. 나는 새벽같이 서둘러 07;00시까지 약속 장소로 나갔다.

언제나 영국 신사풍의 이 장로는 식사를 계속하는 동안 별 말이 없었다. 나는 이름도 모르는 음식을 꾸역꾸역 먹고 있었다. 꼭 호박고지 말린 것 같은 돼지고기와 잘못 만든 알탕 같은 계란 노른자와 양배추 조각을 먹었다. 몇 개째인가 빵을 손으로 떼어 먹고 있는데 드디어 이 장로가 입을 열었다.

"강 국장, 아무래도 신문사를 누구에겐가 넘겨야겠네."

"예? 신문사를 넘겨요?"

"그렇게 됐네. 아는지 모르겠지만 우리 가정문서선교회의 미국 본부 사정도 그렇고, 무엇보다 10·26 이후 국내 사정이 좋지 않아. 당초 한국 본부에서 제작 배포하려던 전도지 인쇄 문제가 난관에 부닥쳤다네. 미국 본부는 미국 본부대로 조직 개편이 있어 이 박사가 이선으로 물러나게 되고, 작금의 국내 사정으로 세계 지부의 여론도 악화되고⋯⋯. 제지 회사를 세우고 인쇄소를 인수하여 본격적으로 추진하려던 문서선교사업이 벽에 부딪힌 셈이지. 그러니 자네가 어디 적절한 곳이 있는지, 인수받을 적격자를 물색해 보게나."

"장로님 저는 겨우 신문사 편집국의 새파란 부국장입니다. 제 위로 편집국장도 있고, 선교회에는 기획실장이며 총무국장도 계십니다. 그 위로 전무님도 계시고 총괄 실무자인 간사님도 계신데 왜 그처럼 중요한 일을 제게 의논하십니까?"

나는 빵을 뜯어 먹다 말고 이장로의 얼굴을 바라보았다.

"강 국장을 믿으니까 그렇지."

"저는 솔직히 교계 실정도 잘 모릅니다. 취재도 안 다녔고, 문화부 차장을 거쳐 편집부장을 지냈습니다. 판짜기에 급급했지 아는 사람도 없습니다. 다만 일 욕심에 김철호 장로를 한 번 만났을 뿐입니다."

"그분일세. 그분을 다시 한 번 만나주겠나?"

"장로님께서 직접 만나보시지요,"

"아닐세, 의중을 안 다음에 만나게 되면 만나지. 절대 비밀을 지키고……."

"작금 여론도 썩 좋지 않은 그분을 지목하십니까?"

"교계를 두루 살펴보았지만 실력자가 없네. 말만 많지……."

"심부름은 하겠습니다."

나는 곧 비서실로 전화를 걸었다. 다행스럽게도 전화가 연결되었다.

"《크리스찬신문》 강정규입니다."

"급한 일인가요?"

김 회장은 꼭 '급한 일인가?' 묻는 버릇이 있었다.

"네, 뵙고 말씀드리겠습니다."

"곧 오게."

나는 곧바로 달려갔다. 그리고 이 장로의 뜻을 전했다.

"내일 9시 정각에 이곳으로 오게. 오늘 집에 돌아가 내자와 의논한 후 내일 아침에 가부간 대답을 하겠네."

이튿날 아침 9시 정각에 나는 종로구 운니동의 명성그룹 회장실로 갔다. 그 자리에는 김철호 회장의 부인 신명진 집사(당시 명성그룹의 계열사인 명성관광의 사장)가 합석해 있었다.

"강 국장, 이리 와 앉게. 그리고 우리 함께 기도하세."

김 회장은 내 손을 잡고, 그 위에 자신의 손과 부인의 손을 포개 놓고 그 우렁우렁한 목소리로 기도을 했다.

"만군의 여호와 하느님 감사합니다. 주께서 오늘날 우리에게 만 가지로 축복을 해 주시고, 주께서 또한 당신의 복음 선교를 위해 귀하게 쓰시는 《크리스찬신문》을 맡겨 주시니 감사합니다. 이 귀한 선물을 소중히 관리하다가 주께서 하명하시면 어느 때든지 돌려드리겠나이다. 저희 명성그룹을 돌보아주시고, 사랑하시는 강 국장을 인도하시는 하느님, 지금까지도 여러모로 축복하셨으니 앞으로도 갈 길을 인도하여 주시옵소서. 예수님 이름으로 기도합니다. 아멘."

그것이 대답이었다.

그해 11월 17일에는 상호 계약을 맺기에 이르렀다.

계약서

격동의 60년대 초 복음 선교의 비전·교회 갱신과 일치·신앙의 생활화를 사시로 창간된 《크리스찬신문》은 선교 1백 주년을 눈앞에 둔 현시점에서 하느님으로부터 부여받은 막중한 사명을 통감하고 세계 속의 한국 교회에 명실공히 기여하는 신문이 되고자 발전의 계기를 마련키로 했다.

창간 이념을 계승 존속시킴은 물론 초교파신문으로 이단사설에 맞서는 방패가 되고 건전한 복음 전파의 사명자로서 하느님과 역사 앞에 겸허한 자세로 그 책임을 다하기 위해 다음과 같이 계약 서명한다.

갑 : 서울특별시 용산구 원효로 1가 37의 1, 이*식 (인)

을 : 서울특별시 종로구 운니동 98의 5, 김*호 (인)

다음

1. 갑은 을에게 크리스찬신문사의 전 주식을 양도한다.

1. 을은 상기 전 주식을 액면가로 인수한다.

1. 을은 갑으로부터 판권·자산·공원·사원·부채 및 운영상태 일체를 현 상태로 인수한다.

1. 을은 갑의 채무 관계를 조속한 시일 내에 청산한다. (단기 1개월, 장기 3개월) 단, 계약 후 발생하는 이자 관계도 을이 책임진다.

1. 을은 인쇄 기계(리스자금)에 관련된 갑의 개인 가옥을 법적 시효가 만료되는 즉시 환원시킨다.

1. 을은 계약 후 리스금 불입을 완료시까지 책임진다.

1. 기존 시설은 1982년 3월 31일까지 을의 위임을 받아 신문사의 제반 운영에 협조한다.

1. 을은 1982년 1월 1일부로 크리스찬신문의 발행인·편집인 등 일체의 경영 체계를 합리적으로 개편 운영한다.

1. 이 밖의 사항은 갑과 을의 쌍방합의에 따른다.

1981년 11월 17일

갑 : 이*식   (인)

을 : 김*호   (인)

내가 초안을 잡고 이 장로가 몇 군데 보완한 이 계약 문서는 두 장로가 합석한 자리에서 무수정 날인되었다. 강남의 어느 일식집에서 이루어진 일이었다. 그리고 1개월 후, 그 엄청난 규모의 '청산(靑山) 김철호자선서예전(金澈鎬慈善書藝展)'이 열렸다.

1981년 12월 16일 롯데호텔 대전시장에서 개최된 '경로사상 선양을 위한' 행사였다. 사단법인 대한노인회가 후원한 이 행사는 훗날 온 나라를 뒤흔든 '명성 사건'과 직간접으로 관계가 있다고 한다.

당시 나의 일기 한 쪽을 보자.

1981-12-16

잠이 오지 않는다.

방금 KBS 라디오 방송이 끝났다.

새벽 3시다 그러니까 1981년 12월 17일인 셈이다.

어제 김 회장을 만나고 나오다가 김정양(金政陽) 이사의 방에 들렀다. 그는 내게 있어서 교수님이다. 내가 재학 중인 감리교신학대학에서 기독교 윤리를 강의하기 때문이다.

김 교수는 어두워 오는 이사실에 혼자 앉아있었다. 탁자 위에는 깎은지 오래되어 빛깔이 변하고 마른 배 한조각과 귤이 몇 개 놓여 있었다. 그리고 24일까지 이어지는 김 회장의 서예전 팜프렛과 그 전날 거행된 개막식 행사 식순도 눈에 띄었다.

1부, 사회 : 김＊양 이사

개회사 : 사회자

격려사 : 사단법인 대한노인회 이＊동(李·東) 회장

내빈축사 : 천·기(千·基) 보건사회부장관

축가 : 명성 노래 선교단

작가 약력 소개 및 경과보고 : 이＊우(李·雨) 회장 보좌역

작가 인사말씀 : 청산 김철호

2부, 사회 : 최＊철 · 윤·정 아나운서

작품 소개 : 사회자

노인의 노래 연주

3부, 사회 : 최＊철 · 윤·정 아나운서

테이프 커팅

서집 증정

　작품 예약 접수, 선물 증정, 그리고 한국문화예술진흥원 송지영 (宋志英) 원장의 '경로(敬老)의 의지(意志)' 제하의 축사와 서예가 원곡(原谷) 김기승(金基昇)씨의 축사 등은 따로 마련된 호화판 서 첩의 앞머리에 인쇄되어 있었다. 비단 표지로 제책된 김 회장의 서첩에는 크고 작은 낙관용 도장만도 마흔 일곱 개나 소개되어 있 었다.

"웬지 불길한 예감이 들어."

김 교수가 말했다. 그로부터 벌써 세 번째 듣는 말이었다.

한 장에 3만원을 호가하는 중국제 화선지가 4백 점의 작품을 만드는데 최소한 1천 장은 쓰여졌을 것이라고 했다. 그 가운데 2백 점의 전시 작품을 제작하는데 매 작품마다 들어간 표구비만도 20만 원에서 50만 원씩 들어갔다고 했다. 그리고 전시관 판넬 값만도 7백만 원에서 1천만 원 가까이 들었다는 것이다.

"…… 개관식에 참석한 인원이 1천 명에 가까우니 그들의 식대만 해도 1천만 원 가까이 쓰여졌을 테고, 그 밖에 장소 대관료며 서첩 및 팜플릿 제작비에다 기자들 촌지, 주요 초청 인사 거마비는 없었겠는가?"

김 교수는 서첩을 넘겨보며 말했다.

"대통령 취임식에 버금갔지. 그러나 문제는 앞으로의 일이야."

김 교수는 한숨을 쉬었다.

나는 끝내 잠잖고 있었다. 그랬다. 문제는 앞으로의 일이었다.

제4장(第四章) 명성 사건의 여파

서예전에 초청돼 축사까지 한 서예계의 대가라는 사람은 김 회장의 글씨를 가리켜 '추사 이래 가장 뛰어난 필력을 지녔다'고 극찬했다. 그러나 글씨를 아는 어느 시인은,

"눈밭에 빗자루 질이지 그게 무슨 글씨냐?"

고 혹평했다. 나는 그 말을 듣고 웬일인지 '벌거벗은 임금님' 우화를 생각했다.

성탄절을 맞는 호텔측과 주최측이 작품 철거 문제를 놓고 말썽까지 일으키며 서예전은 10일만에 끝났다. 작품 판매 대금은 전액 대한노인회에 기탁됐다고 했다. 그 액수가 1억이라는 사람도 있고, 3억이 넘는다는 설도 나돌았다.

나는 《크리스찬신문》의 편집국장에 임명됐다. 1982년 연초의

일이었다.

김 회장의 부인 신＊진(申＊眞)씨가 편집겸 발행인으로 등록되고, 전 편집국장은 기획국장으로 전보 발령했다. 치고 올라와 밀어낸 셈이 됐다. 본인도 밀려났다고 생각했다. 이와 함께 나이가 많은 임직원들, 나보다 윗 직급에 있던 사람들은 조속한 시일 내에 퇴직금이나 받고 물러날 생각을 하고 있었다. 사내가 뒤숭숭했다. 이런 와중에서 사무실도 이전했다. 종로구 동숭동의 샘터빌딩이었다. 3층에 내 방도 생겼다.

김 회장은 '본보 회장' 직함으로 신년사를 썼다. 그 제목이 '우렁찬 찬양되게 하소서'였다. 지난해는 발행인 이창식 장로가 '올바르고 거룩한 진리(眞理)의 강(江)'이라는 제목으로 신년사를 쓴 바 있었다.

두 사람은 보수 성향을 띠고 있었으나 생각은 좀 차이가 있었다. 그러나 김 회장과 내 생각은 차이가 더 많은 것 같았다. 장래 신문의 제작 방향을 생각할 때 고민이 많았다. 그것은 내 신앙과도 관계되는 문제였기 때문이다.

맨 처음 생각했던 대로 김 회장 또는, 명성그룹이 통일교와 무관한 데는 확신이 갔다. 그러나 소위 '정치'와 관계가 있다는 것이 문제였다. 연말의 '서예전'이 그것을 말하고 있었다. 집권 정당의 중앙위원이라는 소문도 있었다. 그러나 이미 주사위는 던져진 셈이었다.

옮긴 사무실의 내 방에서 창문 밖으로 마로니에 공원이 보인다. 눈이 내리고 있었다. 쌓인 눈 위에 계속해서 눈이 쌓이고 있었다. 신년호의 '광야의 소리'에 나는 다음과 같이 썼다.

…… 간밤에 눈이 내렸다. 온갖 궂은 것을 덮으려는 듯 하얀 눈이 산천에 쌓였다. 눈길을 걸으면서 남강 이승훈 선생의 일화를 생각했다.

일제하에서 남강 선생은 연희전문학교 졸업식에 초대를 받았다. 겨울이었다.

그해 이 땅엔 많은 눈이 내렸다. 남강 선생은 일본 사람의 차를 타지 않고 강원도 산골에서 서울까지 걷기로 했다. 흰 두루마기 자락을 날리며 눈길을 걸었다. 걷다 보니 앞서간 사람들의 발자국이 눈 위에 나 있었다. 그러나 그 길은 바른 길이 아니었다. 그런데도 많은 사람들이 그 길로 간 것이었다. 그 길은 많은 사람들이 걸어 갔으므로 눈이 다져져 생긴 길이었다. 그래서 길 같이 보였다. 또한 이미 길이 나있으므로 걷기에도 편해 보였다. 그러나 남강선생은 그 길을 택하지 않았다. 누군가 바른 길을 걸어가야 된다고 생각했다. 그 길이 불편하고 결국 고난의 길이 될지라도 아무도 바른 길을 내쳐 걸어가지 않는다면 뒤에 오는 모든 사람들이 올바른 길을 찾지 못할 것이라고 생각했던 것이다. 남강선생은 아무도 걸어가지 않은 눈길을 뚫으며 걸었다. 그래서 정작 졸업식장에 도착한 것은 꽤 늦은 시각이었다. 뒤늦게 단 위에 올라선 남강 선생은 축사에서 바로 그 '눈길 이야기'를 했다고 한다.

봄이 오고 있었다.

부활절이 다가오고 있었다.

교회에서는 해묵은 '개인 구원과 사회 구원' 문제가 불거지기 시작했다. 개인 구원 쪽은 부활과 축복을 강조하고, 사회 구원 쪽은 고난과 회개를 강조했다.

노와 사가 첨예하게 대립 되는 양상도 두드러지게 나타났다. 편집국 내에서도 이론이 분분했다. 그런 가운데 '부산미국문화원 방화사건'이 터졌다. 그리고 드디어 올 것이 왔다.

신구교연합선교단체인 교회사회선교협의회(敎會社會宣敎協議會)'는 그해 4월 15일 '부산 미국문화원 방화 사건에 대한 우리의 견해'라는 성명서를 발표했다. 협의회는 고문과 지도 위원 그리고 실행 위원 등 42명의 이름으로 발표된 성명서에서 우선, 해방 후 한미관계의 현주소를 밝힌 다음 '한국인의 국민성은 들쥐와 같아서 누가 지도자가 되든 그 지도자를 따라갈 것이며, 한국인에게는 민주주의가 적합하지 않다'는 등의 당시 주한미군사령관 '위컴'의 망언을 질타했다.

성명서는 이어 '정부 당국과 정치인, 언론 기관들이 노동자, 농민들의 소리에 과연 어느 정도 귀를 기울였는가' 묻고, 광주 사태로 쫓기는 사람을 수사 당국에 밀고하거나 내쫓은 것이 성직자의 올바른 자세인가? 광주 사태의 책임은 누구에게 있는가? 그리고 방화 사건과 같은 폭력 사태가 왜 발생하는가를 교계와 정부 당국에 함께 물었다. 그리고 이어 성명서는 다음과 같이 요구했다.

① 미문화원 방화 사건의 재판을 공개할 것

② 정부 당국은 매스컴을 통해 자행한 천주교회, 가톨릭농민회, 도시산업선교회 및 대학가에 대한 왜곡, 비방, 편견의 태도 및 일방적 보도를 공개 사과 할 것

③ 수사 당국은 유신하에서 자행해 온 고문 행위를 답습한데 대하여 책임을 지고 공개 사과 할 것

④ 기득권에 편승한 언론의 무책임한 보도를 중단할 것

⑤ 정부는 국민 화합을 위해 모든 정치범을 석방, 사면, 복권시키고 정치적으로 수배된 사람들을 전원 수배 해제 할 것

⑥ 미국 정부는 위컴 주한 미군 사령관과 워킹 대사를 본국으로 소환할 것

편집 회의에서는 위 성명서 전문을 1면에 게재하는 것을 우선 합의하였다. 그러나 실제 편집 과정에서 상황은 시시각각 바뀌었다.

전 고려대 총장 유진오 박사는 인터뷰에서 '확대보다 수습'을 강조했고, 윤보선 전 대통령도 인터뷰에서 '갈등보다 화합'을 강조했다. 일간지에서 이 기사를 보고 일차 기사를 수정하였다.

김 회장도 지방 가는 길에 카폰으로 직접 관심을 표명했다. 그룹본부 임원들도 전화를 했다. 2차, 3차 계속 수정을 하다가 수요

일 오후 늦게야 확정지었다. 성명서 전문은 그대로 두고, 그 대신 한국기독교지도자협의회의 '전체 교회 입장은 아니다'는 성명서를 포함시키기로 했다. 제목도 당초에 '교회 활동의 편향 보도 시정 촉구'로 했던 것을 '더 이상 사건 확대 말아야'로 고쳤다.

마음이 놓이지 않아서 공장까지 달려 온 그룹 본부의 담당 이사 유금종 씨와 전 사장 이창식 장로도 '이만하면 무난하다'로 오케이를 놓았다. 곧장 인쇄소로 넘겼다. 그리고 그날 밤으로 지방 발송까지 끝냈다.

나는 목요일 아침 원효로 공장으로 출근했다. 본부의 담당 이사로부터 신문을 보내 달라는 전화가 왔다. 신문을 급히 보냈다. 그리고 나는 동숭동 사무실로 왔다.

담당 이사가 곧 신문을 들고 사무실로 왔다. '신문을 왜 이 모양으로 만들었느냐'고 화를 냈다. '성명서는 일간지에도 다 나간 것이고, 교회의 전체 입장이 아니라는 성명서도 (1단에 불과하지만) 들어가지 않았느냐?'고 말했다. 설명을 듣고는 다시 '무난하다'는 말을 반복했다.

그날은 그렇게 지나갔다.

나는 하루종일 여관을 정하고 직원들의 급여 조정과 그 계산을 하기에 얼굴이 뚱뚱 부었다. 인수받은지 4개월이 지나도록 약속했던 급여 조정이 그때까지 이뤄지지 않고 있었던 것이다.

일을 마치고 대중탕에 몸을 담갔다. 그리고 강의 맡은 대학으로 달려갔다. 갈 때는 머리가 무거웠으나 젊은이들과 어울려 토론을 하고 강의를 마쳤을 때는 개운해졌다. 그리고 이튿날 새벽이었다. 무슨 꿈인가를 꾸었는데 기분이 찜찜했다. 다시 잠이 오지 않았다. 출근하려는데 전화가 왔다. 그룹 본부였다. 급히 오라는 것이었다. 김 회장이 부른다는 것이었다.

그 날 구로역 근처에서 작은 사고가 있었다. 그룹 본부 상황실에 도착한 것이 10시가 가까운 시각이었다.

상황실에는 김 회장은 물론 부회장과 그룹 고문인 이춘성 전 호주 대사, 김정양 교수, 그리고 신명진 사장과 40명 가까운 전 임원이 모여 앉아 나를 기다리고 있었다.

상황실 안은 물을 뿌린 듯 조용했다. 그리고 모든 임원들이 앉은 책상 위에는 붉은 줄이 죽죽 그어진 신문이 한 장씩 놓여 있었다. 내가 자리에 앉기도 전에 김 회장이 책상을 주먹으로 치면서 소리쳤다.

"나는 정체불명의 신문을 만드는 사람들과 함께 일할 수 없소!"

그리고 지난번 4·19 기사와 신문의 로고 옆에 매주 바꿔 넣는 성귀까지 의도성이 농후하다고 말했다. 그리고 또 지난주의 고문 사태를 다룬 기사의 경우도 고의성이 있음은 마찬가지였다고 말했다.

"그때 잘랐어야 하는 것을 강 국장의 의사를 좇아 미룬 것이 화근이었소,"

김 회장이 좀 누그러진 목소리로 말했다. 그리고 서류를 건네주면서 '서명하라'고 말했다.

그것은 취재부장과 편집부장의 해고 명령이었다. 기안지는 보나마나였다.

"제가 서명할 성질의 것이 아닙니다. 오히려 제가 책임질 문제입니다."

나는 그때까지 앉지도 못하고 선 채로 분명하게 말했다.

"여하튼 서류를 보시오."

담당 이사가 결재판을 펴보였다. 거기에는 이미 회장 이하 사장, 담당 이사의 서명이 돼 있었다.

"저는 제 부하 직원의 목을 자르는 서류에 서명할 수는 없습니다. 죄송합니다."

나는 돌아서 상황실을 나왔다. 여비서가 그 서류를 받아다 복사하고, 그것을 황봉투 속에 넣어 어디론가 가져가는 모양이었다. 나는 동숭동 사무실로 돌아왔다. 직원들은 내 눈치를 보며 서성이고 기자들도 마찬가지였다.

김 회장은 어젯밤 안기부에 다녀왔다고 했다. 어쩌면 해당 기자를 해고하기로 약속했을지도 모른다고 했다. 그래서 결재 서류를 복사해 안기부로 보낸 것이라고 수근거렸다.

나는 가타부타 말없이 대학에 가 두 시간 강의를 마치고 집으로 오는 길에 부천역전에서 혼자 소주 한 병을 다 마셨다.

이튿날은 토요일이었다. 평상시같이 출근했는데 담당 이사가 기다리고 있었다. 그는 나더러 찍힌 두 기자의 사표를 받아 가지고 회장에게 가 용서를 빌라고 했다. 그들 두 기자가 응할리도 없거니와 내가 우선 단호하게 거절했다. 잘못을 빌 이유가 없다고 했다. 그는 재차 설득이라도 해보라고 했다.

오후에 나는 두 기자를 술집에서 만났다. 취재부 차장은 오히려 파업을 하자고 했고, 편집부장은 비겁한 짓은 거부하겠다고 자기 의사를 밝혔다.

나는 울고 싶었다.

파업은 동조할 수 없는 일이었다. 편집국장이 기자들과 더불어 신문 제작을 거부한다면 어떻게 된단 말인가? 그렇다고 그들 두 사람을 해고시키고 나만 살아남는다면 나는 죽일 놈이 될 것이었다. 신문 제작 또한 난관에 부딪힐 것이었다. 누구에게 원고를 청탁하며 누가 취재에 응할 것인가?

모두가 살 길은 사도행전 1장 8절에 맞추어 '오직 믿음으로 복음만' 전하는 방법밖에 없었다. 그렇게 되면 4·19 정신에 입각한 창간 이념은 맥이 끊기게 된다. 그러므로 그것은 모두가 살 길도 아니었다. 나가는 사람, 남는 사람 모두 비참하게 될 뿐이었다. 하느님께서는 그야말로 양자택일을 원하시는 것 같았다. '두 개의 언덕이 만드는 하나의 골짜기에 갇힌 불쌍한 개'가 생각났다.

시골에 가 살까도 생각했다.

칼국수 장사도 생각해 봤다.

모두 다 신통치 않고, 모두 다 어려운 일이었다. 사방이 닫힌 문이었다.

세상 사람들 같으면 간단할 것 같았다. 짤리는 사람은 짤리는 사람, 자식이 죽어도 산 사람은 그냥 살아가더라는 얘기도 생각났다. 사실 사기 치고 도둑질하며 사는 사람도 있는데 '믿음으로 복음만' 전하는 것도 의미가 없는 것은 아니었다.

편집권도 이미 박탈당한 상태였다. 그룹 본부의 이*성 고문이 내 옆방으로 방을 옮겨온 것이었다. 감시자였다.

그는 자유당 시절 공보부 차관을 역임했고, 오랫동안 호주 대사로 가 있던 사람이었다. 원래 옆방에는 '명성노래선교단'이 있었는데 사건이 일어난 후 그들은 본부로 들어가고 그 방은 그야말로 '고문실'이 된 셈이었다.

월요일 아침 나는 그룹 본부로 갔다. 그러나 회장도 담당 이사도 부재중이었다. 김 교수를 만나 많은 이야기를 했다. 내게는 교수님이고, 회사에서는 이사였으나 다른 한 편으로 그는 성직자이고 나는 평신도였다. 이야기를 나누는 동안 나는 결심이 섰다. 곧장 동숭동 사무실로 돌아와 내 방문을 걸어 잠그고 사표를 썼다. 그리고 사우들과 담당 이사와 회장에게 편지를 썼다. 떠나면서 신문사가 잘 되기를 하느님께 빌겠다고…….

홀가분했다.

마지막 결단은 혼자 내리는 것, 남의 목을 자르고 뻔뻔스럽게 붙어 앉아 있는 일이나 이름만 빌려주고 한갓 명령에 따르는 기계가 되어 생계 때문에 엎드려 사는 편집국장은 수용할 수 없었다.

술 한 잔 마시고 돌아와 집에서 또 한 잔 했다.

"당신 졸업할 때까지만 여기 살다가 시골로 이사 갑시다."

내가 말했다. 아내는 당시 내가 강의하는 대학에 재학 중이었다.

"그래요. 사실 우린 너무 부자가 됐어요. 부자가 되니 욕심도 뒤따라 커져서 많은 걸 원하게 되고……. 옛날로 돌아가요. 아이들 앞에 떳떳한 아빠가 되고, 하느님 앞에 떳떳하게 살아요."

아내가 말했다. 그리고 이튿날이었다. 그날은 신문을 제작하는 날이었다. 어떻게 돼 가는지 하루종일 누웠다 일어났다 안절부절못했다. 직장 그만둔 게 실감이 안 됐다. 두 아들과 아내와 함께 시장에 나가 옷 한 벌을 외상으로 샀다. 여행을 떠날 계획이었다.

밤중에 잠자리에 들었는데 담당 이사와 그의 부인이 함께 들이닥쳤다. 뜻밖의 일이었다. 그러나 추리는 가능했다. 신문 제작이 걸려있으니 어쩔 수 없이 달려 온 것이었다.

내가 시장에 가고 집을 비운 사이에 여러 사람이 다녀갔다고 했다. 그리고 기자들이 '국장 명령 없이는 신문을 만들 수 없다'고 손을 놓고 있다는 것이었다. 내가 예뻐서 달려온 것은 아니었다. 그렇다고 내가 급할 것도 없었다.

그는 자기가 사온 술을 내게 권하며 사정했다. 여하튼 나와 달라는 것이었다. 그러면서 내 사표를 꺼내더니 눈앞에서 찢어 버렸다. 나는 조목조목 따져가며 대답했다.

"나가는 것은 어렵지 않습니다. 그러나 몇 가지 조건이 있습니다.

첫째, 편집부장과 취재부 차장의 해고 취하.

둘째, 편집권은 편집국장에게 일임할 것.

셋째, 전직원 임금을 1월 1일자로 소급하여 인상할 것

등입니다."

그리고 나는 일어섰다.

그는 그렇게 하겠다고 말했다. 그러나 그것은 싸움도 아니고 승리도 아니었다. 김 회장은 모르는 일이었다. 그때까지 내 사표는 물론 편지도 전달이 되지 않은 상태였다.

이튿날 새벽같이 빵빵거려 나가보니 까만 승용차가 와 있었다.

"오늘부터 편집국장님 출퇴근 때 제가 모시겠습니다."

처음 보는 운전기사가 허리 굽혀 인사했다. 내 앞으로 배차가 된 것이었다.

일이 이상스럽게 돼버렸다.

나는 승용차로 출퇴근을 하게 되고, 《전통문화》라는 월간잡지까지 떠맡게 됐다. 두 기자 문제는 유야무야 그냥 주저앉게 되고, 직원의 임금 인상은 요구대로 관철되었다. 편집권 환원 문제도 흐지부지 돼버렸다. 감시자로 방을 옮겨온 이고문이 오히려 김 회장을 등지고 내 입장을 이해하게 됐던 것이다.

"민주 방식은 뿔뿔이 흩어진 것 같지만 외침을 받으면 똘똘 뭉치고, 독단은 일사불란한 것 같지만 사건이 터지면 뿔뿔이 흩어진다."

그는 그해 6월 이같은 명언을 남기고 자리를 떴다.

하루는 소설 「동토(凍土)」의 작가 박*수씨를 만났다.

"내가 박정희 정권하에서 공보처 장관실에 근무한 적이 있지. 잡곡 넣은 밥 싸가지고 출근해서 점심시간에도 자리를 뜰 수 없는 이석금지령이 내렸는데 나는 막걸리 못 마시면 견딜 수 없거든. 밖에 나와 술 한사발 마시고 들어갔더니 나 없는 사이에 이석조사반이 다녀갔더구만. 그런데 월말에 월급봉투를 받아보니 감봉 처분이 됐더라고. 화가 나서 탁상일기 찢어 사표 써 놓고 집으로 왔지. 며칠 잘 놀았어. 그런데 차츰 좀이 쑤시지 뭔가. 대문 소리만 나면 밖을 내다보게 되더라구. 그런데 끝내 데릴러 오지 않더라구."

"저는 아예 그만 둘 생각으로 기다리지도 않았지요. 잠든 막내 놈 발바닥 쓰다듬으며 울기도 했어요. 그랬는데 하룻만에 데릴러 왔더라구요. 맥주 한 박스 사 들고 그것도 한밤중에……."

"기다리면 안 오구, 안 기다리면 데릴러 오느면 그려. 맞어, 죽으면 살어!"

그동안에도 별 우스운 일도 다 생겼다. 도시산업선교회를 특집으로 다루었다가 편집국 전 직원이 회장실로 불려가 '도산이 들어가면 기업이 도산한다'면서 '너희들은 빨갱이'라는 소리도 들었고, '예수를 믿으면 축복을 받아야지 왜 고난을 받아야 되느냐'는 호통도 들었다. 그런 와중에도 신문은 매주 발행되고, '개는 짖어도 기차는 달리고, 기차 소리 요란해도 옥수수는 잘도 큰다'면서 킥킥거리기도 했다.

나는 못 들은 척 화장실로 가서 담배를 피웠다. 그러고는 또 '도시산업선교는 이웃 사랑의 실천 현장이며, 철저한 반공의 보루'라며 '도산특집'을 꾸미기도 했다. 그리고는 또 설악산의 '명성콘도'에 가서 하룻밤을 지내며 신년도 편집 계획을 세우기도 했다.

1983년이 밝아오고 있었다. 그리고 그해 여름, 소위 '명성 사건'이 터졌던 것이다. 김 회장은 구속되었다. 징역 15년이 실형으로 선고됐다.

제5장(第五章) 경영과 주필을 맡다

1983년 11월 25일, 사무실을 다시 동숭동 샘터빌딩에서 용산구 원효로로 옮겼다. 약 2년 만에 제자리로 돌아온 꼴이었다. 공장은 여전히 그 자리에 있었다. 도로아미타불이었다. 그동안 경영주 이름만 바뀌었을 뿐 일장춘몽, 전 사장인 이창식 장로와의 잔무도 그대로 남아 있었다.

주식회사 《크리스찬신문》 사장 귀하
주 안에서 문안드리오며 귀 기업의 융성 발전을 기원합니다.
전 《크리스찬신문사》 대표 이사였던 이창식 사장과 명성그룹 김철호 회장과의 인수인계 약정서에 준하여 한국가정문서선교회 건물을 임대계약 내지는 임대료도 지불하지 않고 사용해 오던 중 정식 약정일 1982년 3월 말, 구두 협의 연

장일 6월 말, 3차 구두 협의 종료일 9월 말, 시한을 앞두고 다음과 같이 본 선교회의 이사회 결의 사항을 통고하오니 차후 발생되는 여하한 문제도 이의 없으시길 바랍니다.

① 1982년 9월 말로 만료되는 공장 이전 문제에 있어 위약됨이 없기 바람

② 우선 2층은 9월 20일까지 비워 주기 바람(본 선교회가 사무실로 사용하기 위하여 건물을 수리해야 함).

③ 9월 말 이후 사전 협의 없이 공장 건물 사용은 불가함

한국가정문서선교회

대표이사 이•식 (인)

이사 이•순 (인)

이사 한•민 (인)

이사 이•일 (인)

이사 김•명 (인)

그러나 이미 위 시한은 1년을 넘겼고, 1983년도 저물고 있었다. 그리고 실제 사주는 감옥에 가 있었다.

한때 전 세계에 배포할 전도지를 인쇄할 목적으로, 가정문서선교회가 《크리스챤신문사》 명의로 일본에서 구입한 두 대의 '고모리' 인쇄 기계는 한동안 명성그룹의 막대한 분량의 레저 산업 홍보용 팜플릿 등을 뽑아내기에 주야를 가리지 않고 돌아갔다. 그러나 이제 한 달에 4회분 주간지를 인쇄할 뿐 쉬는 날이 많았다. 그러나 거기 딸린 1백 명 가까운 공장 직원들의 임금과 매월 다가오는

리스 대금 지불은 피할 길이 없었다.

신문사 형편만 전보다 더 어려워진 셈이었다.

한국 교회 1백 년을 맞는 1984년이 밝아오고 있었다.

8월 19일에는 여의도 광장에서 '한국 기독교 1백 주년 선교 대회'가 개최됐다. 빌리 그레함 목사가 설교하고, 연인원 3백 50만 명이 참가했다. 9월에는 로버트 슐러 목사가 내한하여 광림교회에서 선교 대회를 개최하기도 했다. 각 교단은 교단대로 1백 주년 기념 총회를 가졌다.

풍성한 가을이었다.

축제의 계절이었다. 그러나 신문사는 앞날이 캄캄했다.

종로구 동숭동 1의 60

신·진 귀하

우리는 지난 24년간 하느님의 역사를 이땅에 이룩하기 위해 신앙인으로서 헌신적인 봉사를 해 온 것을 자부한다.

또한 《크리스찬신문》의 발전을 위해 노력해 온 모든 선배 동역자의 노고를 다시 한번 감사한다.

그동안 역사적 소용돌이 속에서도 우리는 온갖 시련을 믿음으로 극복해 왔다. 그러나 작금에 이르러 사주의 무성의한 경영책으로 전 직원이 생계의 위협에 직면하고 불투명한 미래에 대한 불안감으로 좌불안석인 상황이다.

특히 지난 8월과 9월 2개월간의 임금 체불과 1년여의 원고료 및 공무국 생산 원자재 대금의 체불 등으로 더이상 작업을 계속할 수 없는 심각한 상황에 처했다.

그동안 수차례 중간 경영 책임자가 바뀌고, 부임자들마다 약속을 이행치 않으므로 직원들의 사기 저하와 불신풍조만 조장했다.

이제 우리 《크리스찬신문사》 전 직원은 한국 교회를 위한 신문의 장래를 염려하면서 회사 운영 정상화를 위해 우리의 결의를 천명함을 가슴 아프게 생각한다.

① 체불 임금 및 신문 제작에 필요한 제반 비용을 1984년 10월 19일 오전 12시까지 지불하고 신문사의 장래 비전을 제시할 것

② 전 발행인 이창식 씨와의 제반 문제를 해결할 것

③ 위 ①②항이 관철되지 않을 경우, 우리는 계속적으로 한국 교회에 호소하고 관계 요로에 진정할 것을 천명한다.

강정규 외 36명 각자 서명

경과보고

위에 대한 회신을 기다렸으나 시한을 넘기면서도 아무런 연락이 없음.

그러나 우리는 성령의 인도하심과 한국 교회의 여망에 부합하는 신문을 제작 배포하는 사명을 감당키로 함

한국 교회에 드리는 글

저희 《크리스찬신문》을 위해 지금까지 사랑과 성원을 아끼지 않으시는 전국 교회의 성도 여러분과 독자제위께 하느님의 축복이 함께 하시기를 기원하나이다.

(중략) 그러나 지난 82년 명성그룹의 김철호씨에게 경영권이 넘어간 이후 지

금까지 하루도 바람 잘 날이 없이 감내키 어려운 고통에 시달려 왔습니다.

(중략) 창간한 새문안교회 김대보 장로님, 인천제일교회 이기혁목사님, 동신교회 이창식 장로님 등 역대 발행인들은 한국 교회의 대변지요, 사회적 공기로써 책임을 이행해 왔으나 김철호 장로는 신문을 마치 개인의 사유물인양 무책임한 경영 방식으로 일관해 왔습니다.

(중략) 세금이 체납되어 신문 용지까지 차압을 당하는 부끄러움은 필설로 형용키조차 어렵습니다.

(중략) 지난 10월 13일에는 예고도 없이 또다른 중간 경영자가 나타나 직전 중간 경영자와 서로 자기가 부사장이라고 다투는 촌극을 벌이기도 했습니다. 그런데도 대표이사인 신명진 씨는 연락조차 되지 않습니다.

(중략)

이에 따라 전 직원은 회의를 소집하고, '비상대책위원회'를 구성하기에 이르렀습니다. 앞으로 우리는 어떤 중간 책임자도 인정치 않고, 오직 대표 이사와의 직접 대화로 난국을 타개할 수 있다는 결론에 이르렀습니다.

(중략) 우리는 더 이상 개인의 횡포와 무관심을 용납할 수 없으며, 어떤 방법으로든 우리 신문은 사수되어야 한다는 것을 교회와 성도 앞에 강조하고자 합니다. 《크리스찬신문》은 한국 교회의 신문이기 때문입니다.

(하략)

1984년 10월   일

《크리스찬신문》 비상대책위

위원장 편집국장 강정규

부위원장 광고국장 이•성

공무국장 신•철

위원 편집부국장 최·국

공무부국장 김·호

취재부장 김·주

외 직원일동

    앞의 '우리의 결의'는 광화문 우체국에서 내용 증명으로 발송되었고, '한국 교회에 드리는 호소문'은 각 교단장과 기독교 기관장 앞으로 발송되었다.

    며칠이 지났다. 그동안 그룹 명의로 파송되었던 부사장 등 모든 임직원들이 사임하고, 사장 명에 의하여 내가 상임 이사 겸 주필로 발령됐다. 그해 11월 8일자였다. 자금도 융통되어 체불 임금도 해결됐다. 모처럼 신명진 사장도 참석한 가운데 성탄 예배도 드렸다. 1984년이 저물고 있었다.

제6장(第六章) 신문사 사옥을 짓다

1985년 새해가 밝았다.

연초에 구상대로 기구를 개편했다. 소위 친정체제였다. 더 이상 하강은 불가능했다. 변화는 상승뿐이었다. 난관을 기회로, 전화위복의 계기로 바꿔볼 심산이었다.

5월에는 일본에 다녀왔다.

6월에는 한국주간신문협회가 주는 경영 부문 본상도 수상했다. 독자 관리를 전산화하고 지면을 혁신하는 등 자립 기틀을 마련한 공로였다.

7월에는 5회째 계속되는 '크리스챤신인문예상' 시상과 지난 25년간 발행된 신문을 6권으로 묶은 축쇄판 출판 자축회도 겸한 창간 기념행사를 가졌다.

8월에는 전 직원이 참가한 직원 야유회도 갖고, 신임 편집국장과 편집부장의 해외여행도 다녀오게 했다.

안양시 호계동 451의 '3232'가 주소로 되어있는 김철호 회장의 편지도 받았다. 3232는 그의 수인 번호였다.

경애하는 강 주필님께

여러번 보내 주신 글월을 대할 때마다 고향의 호수 같고 봄날 같은 따스함을 느끼면서 위안과 평화를 선사 받습니다. 그것은 곧 진실과 진실의 만남이 거기에 있고, 신뢰가 서로 맞닿아있기 때문이라고 생각합니다.

그동안 얼마나 어려운 일이 많고 답답한 일이 많으셨습니까? 몇 차례 이곳에서 뵈었지만 피차 다 나누지 못하는 사연을 서로 눈으로만 주고 받았기에 모처럼 필을 들고 위로와 격려와 감사의 인사를 드리는 바입니다.

우리의 주필 강 이사님!

10년이면 강산도 변한다 했는데 어언 그 반의 세월이 흘렀습니다. 그러나 또 그 반 세월이 커다란 충격과 시련의 햇수였으니 실로 가슴이 메이는 듯 안타까울 뿐입니다.

나는 평소 자연을 사랑한다고 자부했지만 이처럼 절실하게 태양 빛의 소중함을 알지 못했고, 마음대로 어느 때든지 흙을 밟고 나무를 어루만질 수 있는 자유가 소중하다는 것을 보고 들어 알고는 있었지만 이처럼 절실함을 체험할 수는 없었습니다.

과연 정치가 무엇이며 경제가 무엇입니까?

(중략) 그런 의미에서 여기서 새로 배우는 자유·평화·정의 등 그 본질과 가치관의 재발견은 나의 생애에 더할 수 없는 보화요 기초가 될 것입니다.

우리 신문에 대하여 생각할 때마다 너무도 감사하고 감사합니다. 모두가 다 꾹 참고 지키고 밀고 나가는 강주필을 비롯한 회사 임직원들의 공이요 힘이었습니다. 더욱 창간 25주년을 맞아 축쇄판 발간이나 출판부의 등록, 문화센터의 창안 등은 훗날 높이 평가되고도 남음이 있을 것입니다. 또한 문예작품 공모 행사의 꾸준함은 우리 신문의 전통성 확립은 물론 기독교 문화 창달에 크게 이바지할 것입니다.

(중략) 행동은 미세하고 유연해야겠으나 추구하는 목표는 크고 확실해야 할 것입니다. '민족복음화와 세계 선교의 사명을 띤 1천만 크리스찬의 신문은 현재의 형편으로는 벅찬 감이 없지 않으나 우리 신문의 궁극적 목적이기에 반드시 이러한 비전으로 키워나가야 할 것입니다.

(중략) 강 이사님 말씀대로 신문사·출판부·문화센터를 절묘하게 운영해 나갈 때 우리의 난제도 자연 해소될 것으로 믿습니다. 자주 운영회의도 가지면서 사원 한사람 한사람의 역량에서 발전의 열쇠를 찾아가고, 자립하고 나아가서 도와주는 신문으로 커나갈

것을 굳게 믿습니다. 모처럼 얻은 기회 한자라도 더 쓰고 싶어 깨알 같은 글씨가 되었습니다.

그러나 이 무렵부터 또 다른 문제가 생겼다. 신문사가 빌려 쓰고 있는 한국가정문서선교회 건물이 안양에 세웠던 제지회사가 부도처리 되는 통에 롯데그룹으로 넘어갔다. 사무실은 물론 공장(인쇄소)을 옮기라는 통고를 받게 된 것이었다. 1985년 연말의 일이었다.

1986년 초에 편집·광고·업무국 사무실만 우선 옆 건물로 옮겼다. 전세 1천만 원이었다. 그러나 공장 이전은 엄두도 나지 않았다. 리스 회사를 통해 구입한 대형 인쇄기가 두 대에다 재단기 등이만저만 공간을 필요로 하는게 아니었다. 그리고 문선정판부의 활자들이며 활자를 뽑아내는 기계 등이 또 그만한 넓이를 차지하고 있었고, 거기 딸린 직원들이 수십 명이었다.

외간 업무가 전무한 상태에서 리스료는 체불되고 인건비 또한 밀리는 상태였다. 긴급 처방이 필요했다.

신문만은 현상 유지가 가능했다. 공장(공무국)이 문제였다.

리스 회사 사람을 만났다. 리스 회사의 계약자는 아직도 전 사장인 이창식 장로로 남아 있었다. 그의 개인 가옥도 담보물로 묶여있는 상태였다. 셋이 함께 만나 해결책을 논의했다. 원매자를 찾아 기계를 넘겨주고, 그 대금으로 밀린 리스료와 앞으로 납부해야 할 리스료를 일시에 지불하는 방법밖엔 없었다. 계약 기간 내 양도와 양수는 불가했기 때문이었다. 그런데 천만다행으로 원매자가 나타났다. 골칫거리였던 인쇄기 문제가 일시에 해소됐다. 그러나 신문 인쇄 문제가 걸렸다. 인쇄기를 구입한다 해도 설치할 장소가 또 문제였다. 결국 외간처를 찾았다. 납도 여분은 판매하고 신문 제작에 필요한 분량과 활자 모체만 남겼다. 문선정판부 직원도 정리했다. 신문 제작에 필요한 인원만 남겼다. 지하실만 사용하게 됐다. 그러나 롯데 측은 지하실마저 비우라고 독촉이 심했다. 억지도 썼다. 롯데껌 광고라도 달라고 떼를 쓰면서 다른 한쪽으로 해결책을 모색했다. 광고를 주면 그 광고료로 임대료를 상쇄하겠다고 했지만 롯데 측으로서는 그게 문제가 아니었다. 벌써 수 개월째 건물을 사놓고 사용을 못하고 있었다. 담당 이사는 나중에 통사정을 했다. 책임 추궁을 받고 있다는 것이었다.

날이 저물고 있었다. 직원들은 모두 퇴근하고 나 혼자 사무실에 앉아 있었다. 롯데 측의 담당 이사와 몇 시간을 앉아 이야기한 뒷끝이라 진이 빠져있었다. 그때 손님이 찾아왔던 것이다.

"선생님 접니다."

들어서는 사람은 20년 전에 강원도 철원에서 천막 학교를 할 때 가르친 제자였다.

"세상에, 네가 누구냐?"

이제 같이 늙어가는 옛 제자의 손을 잡고 나는 어쩔 줄을 몰라

했다.

"저녁 먹으러 가자."

내가 말했다.

"아닙니다. 그냥 잠깐 뵙고 가렵니다."

그녀는 미국에 살고 있다고 했다. 한국에서 옷을 수입해다가 멕시코에 판매한다고 했다. 로스앤젤레스에서 《크리스찬신문》을 읽고 있다고 했다. 그런데 갑자기 내가 보고 싶어 왔다고 했다.

"선생님 글도 읽고 있어요. 어떻게 지내시지요?"

그녀가 물었다.

나는 당시 상황을 자세히 이야기했다.

"선생님, 현재 신문사가 당하고 있는 어려움을 선생님 혼자서 지려고 하지 마셔요. 신문사는 선생님 개인의 회사가 아니니까요. 신문사는 우선 한국 교회의 것이고, 나아가 하느님의 기관이거든요."

"……."

"선생님, 이 회사가 현재 갖고 있는 것이 무엇 무엇이죠? 우선 독자가 있구요, 매주 신문이 발행되구 있죠? 그리구 선생님은 선생님이 생각하고 있는 것을 글로 표현할 수 있는 달란트를 받으셨어요. 기도하는 마음으로, 아니 기도하시면서 신문사가 현재 처한 상황을 글로 쓰시는 거예요. 그걸 신문에 싣는 거예요. 한 번에 다 못 실으면 연재를 하세요. 그럼 누군가 읽게 될 겁니다. 그렇게 되면 누군가 돕게 될 거예요. 몇천 원씩 돕는 사람도 있을 것이고, 몇만 원씩 돕는 사람도 있을 것이고, 수백만 원을 도울 수 있는 사람이 나타날 수 있어요. 하느님께서 인간을 통해 돕는 겁니다. 거기에는 진실이 필요합니다."

"아무도 돕지 않으면?"

"선생님, 자신을 가지세요. 만약에 아무도 돕는 사람이 나타나지 않으면, 그때는 선생님 이렇게 생각하세요. 하느님은 이 신문을 필요하다고 생각하지 않으시는구나, 한국 교회는 이 신문을 필요로 하지 않는구나. 그리고 그만두는 겁니다. 신문사 문을 닫는 거지요."

"얘야, 그건 너무 심한 말이 아니냐?"

"그래요. 선생님, 제가 좀 심한 말을 했는지도 모릅니다. 그러나 선생님, 선생님은 그때 철원에서 저희들을 가르치실 때 그렇게 가르치셨어요. 떳떳하게 살라구요. 부끄럼 없이 살라구요. 저는 믿어요. 선생님은 지금까지 그렇게 사셨고, 그렇게 신문을 만드셨고, 그런 글을 쓰셨어요, 그러니까 독자들이 있지요. 그 독자들을 믿으셔요. 아니 하느님을 믿으셔요."

나는 할 말이 없었다.

그녀는 밤늦게 돌아갔다.

나는 그날 밤을 뜬눈으로 지새웠다. 꼭 꿈을 꾼 것 같았다.

나는 이튿날 출근길에 한 교회를 방문했다. 전날 밤 나는 방문

할 교회를 꼽아 보았던 것이다. 대교회 위주로 꼽지 않고 목회자의 성실성을 기준으로 삼았다. 그중에는 내가 한 번도 뵙지 못한 분도 있었다. 자타가 공인하는 모범 성직자였다. 열 분을 정하고 가나다 순으로 방문할 계획이었다.

"목사님, 저는 《크리스찬신문》의 강정규 국장입니다."

"알고 있지요."

"어젯밤 제게 천사가 다녀갔습니다. 그 천사의 말대로 저희 신문에 글을 쓸 수도 있지만, 아무래도 그 방법은 조금 보류해 두기로 하고, 이렇게 우선 목사님을 찾아왔습니다."

"신문사 형편도 잘 알고 있지요. 강 국장도 만난 적 없지만 잘 알고 있지요. 글을 읽기도 했고, 소문도 들어 알고 있지요. 교계신문 편집국장 가운데 혼자 자동차가 없다는 것과 촌지를 받지 않는 사람이라는 것도 알고 있지요. 우리 교회가 강 국장이 꼽은 열 교회 안에 든다는 것을 고맙게 생각합니다."

목사님은 일금 3백만 원을 헌금하기로 약속했고, 몇군데 교회를 추천하며 전화까지 걸어 주었다.

몇 교회에서는 거절을 당했다.

"강 국장이 그 신문사 사장이라면 돕겠지만 명성그룹의 아무개 회사이기 때문에 나는 도울 수가 없습니다."

이렇게 말했다.

그해 초여름에 성동구 옥수동 349번지 대지 50여평을 매입할 수 있었다. 사옥을 건축할 계획이었다.

대지는 마련됐는데 이제 건축비가 문제였다. 집 짓고 나서 준공 검사 마치면 은행에 담보하여 건축비를 융자할 수 있었다. 그러나 아무도 건축을 맡으려 하지 않았다. 나중엔 롯데 측에 떼를 쓰기도 했다. 집 지어주면 건물 비워 주겠다고 억지를 썼지만 그것은 그야말로 코웃음을 살 억지였다.

그 무렵 옥수동 전철역 옆에 현대아파트가 들어서게 됐다. 하루 아침에 땅값이 치솟았다.

하루는 출근했는데 다방에서 손님이 기다린다고 했다. 가보니 내게 옥수동 대지를 판 사람이었다. 잔금도 다 치루었는데 웬일이냐고 했다. 억울하다는 것이었다. 하루아침에 땅값이 몇 배로 올랐다고 했다. 너무 싸게 팔았다는 것이었다. 나는 마침 그날 출근 길에 어느 교회 목사님으로부터 받은 헌금을 건네주었다. 잔금 지불 날짜를 어긴 적도 있었고, 웬지 미안했기 때문이었다.

"액수 문제가 아닙니다. 참 고맙습니다. 다시 뵐 날이 있을 것입니다."

그가 그렇게 말했다.

"이젠 다시 뵙더라도 더 드릴 수는 없습니다. 저희 회사는 아주 어려운 형편입니다. 집을 지어야 이사를 할텐데, 건축비가 없습니다. 그런 실정입니다."

"감사합니다. 돌아가겠습니다."

그런데 그는 일주일 후 정말 다시 찾아왔던 것이다. 혼자 온 게 아니라 한 사람을 달고 왔다.

"이 분은 제 친구입니다. 모교회 권사님인데, 건축을 하고 있습니다. 이 친구는 교회 건물을 짓는 것이 소원이랍니다. 그런데 교회는 짓게 되지 않고 웬일인지 여관과 목욕탕만 짓게 된답니다. 그래서 제가 이야기했지요. 《크리스찬신문사》를 지으면 교회를 열 개 짓는 것보다 낫다고. 그래서 함께 왔습니다."

평당 건축비를 50만 원씩에 짓기로 했다. 곧 설계를 마치고 집을 짓기 시작했다. 땅을 파는데 시끄럽다고 동네에서 말들이 많아 찾아다니며 양해를 구하기도 했다. 아무리 건축비를 준공 후에 준다고 했지만 여간 애가 타지 않았다. 단종면허로 여유가 없는 모양이었다. 그래서 청량리 밖에 여관을 하나 병행하여 건축하면서, 거기서 자재 값 1천만 원을 받다가 5백만 원씩 나눠 쓰며 공사를 해나갔다.

나도 전철역 밑에 지은 움막에서 잠을 자며 지켜보았다. 생전 처음 지어 보는 집이었다.

신문사 사원들 불만도 있었다. 집 지을 여유 있으면 퇴직금을 달라는 것이었다. 상여금도 없고 월급 인상도 불가능한 회사 그만두겠다는 것이었다. 그러나 건축비는 여유 자금이 아니었다. 집을 짓지 않으면 없는 돈이었다. 한쪽으로 미안하기는 했다. 또 한편으로는 미안할 일도 아니었다. 이해를 돕기 위해 자주 만나 이야기를 나누었다.

지하층에 문선과 정판 시설을 들일 계획이었다. 명칭도 바꾸어 공무부였다. 1층엔 사진부를 두고, 2층엔 업무국과 광고국을 두기로 했다. 3층엔 편집국을 두고, 4층엔 사장실을 꾸미기로 했다. 사장실에는 회장 책상도 들여놓기로 했다. 응접 소파도 최고급으로 맞추었다.

기초를 파기 위해 땅을 파는데 마사토가 나오고 바위가 긁혔다. 공기가 늘어나고 건축비도 불어났다. 여름내 공사를 하고, 가을을 정신없이 보내고, 12월 23일 성탄절을 이틀 앞두고 사무실 이전 예배를 드릴 수 있었다. 공무부도 옮겨왔다. 실로 창간 26년 만에 처음 갖는 자체 건물이었다.

그런데 건물 등기 과정에서 문제가 생겼다. 명성 사건이 재판 계류 중이고, 계열사인 신문사도 마음을 놓을 수 없는 형편이라고 했다. 당초 대지를 매입할 때부터 그랬다. 내 동생 명의로 대지를 매입했고, 건축주는 내 이름으로 했던 것이다. 등기 또한 그대로 하는 것이 좋겠다고 했다. 별 생각 없이 그렇게 했다. 그런데 이것이 훗날 풍파를 몰고 올 줄은 아무도 몰랐다. 세상 일은 그런 것이다.

1987년 새해를 맞아 《크리스찬신문》은 매주 12면 증면 제작을 단행했다. 사옥도 준공 검사를 필하고 융자를 신청했다. 건축비를 지불하고 화재 보험에도 가입했다.

1988년부터 국민연금에 가입하고, 미주지사도 설치했다 그해 올림픽이 있었고, 전 직원 상여금도 지급할 수 있었다.

1989년엔 오랜만에 전 직원 급여도 인상했고, 1990년엔 공무부를 해체했다. 사주의 주식 증자로 문선정판부 퇴직금을 해결하고, 전산 제작 체제로 교체했다. 1999년엔 신문 제작 전산 기기를 일절 구입했다.

경애하는 묵원(黙園), 강정규 주필께

대망의 신미 새해가 밝았습니다. 지난 세월이 자못 꿈빛으로 그윽합니다. 그리고 모두가 감사합니다. 잃은 것보다 얻은 것이 많다고 여겨지기 때문입니다.

"조금 전에 사옥 설계도를 보았습니다. 이제 곧 건축이 시작될 단계입니다. 가슴이 울렁거립니다."

묵원(이것은 김 회장이 내게 준 아호)께서 5년 전에, 그러니까 1986년 6월 5일자로 내게 보내신 서한의 첫머리 글입니다. 그 미약했던 설렘의 시도가 결국 아담한 사옥을 탄생시킬 수 있었습니다. 세월이란 하느님의 비밀을 열어 주는 정확한 열쇠입니다.

(중략) 그리고 지난 8년여 동안의 값진 깨달음은 존재하는 모든 것들이 내게 유익하게 하라는 사실입니다. 여호와께서는 인간들에게 해로운 것은 창조하지 않으셨습니다. 풀 한 포기, 흙 한 줌, 그 어느 것이나 나에게 무익한 것은 하나도 없다고 확신하게 될 때, 그때부터 나의 시(詩)의 세계(世界)도 열리기 시작했습니다.

(하략)

2000: 1991년 1월 12일

경애하는 강 이사께

'형통한 날에는 기뻐하고 곤고한 날에는 생각하라(전도서 7장 4절)'

우수를 전후한 추위가 봄을 뿌리치는 듯하더니 이제 봄기운이 완연합니다. 오늘은 강원도 철원에 계시는 춘부장(나의 부친을 가리킴)님을 생각하며 시 한 편을 보냅니다.

모을동비(毛乙冬非)

모을(毛乙)은 털, 곧 철(鐵), 동비(冬非)는 두르비-굴레-곧 평야(平野)를 뜻하는 이두문자로 철원(鐵原)을 뜻합니다.

여기는 후고구려의

옛 땅

아스라히 궁예의

말굽소리 휘돌고

서성이는 병사의

총부리 앞에 순하디 순한

쌍패 가린 암노루

겁 없이 뛰노는 중부전선

민통선

깨어난 산자락엔

아스리 사라져간 병사들의, 그

심장빛 진달래 활활 타오르는데

144 고난이 은총이었네

푸른 능선에는 뽀얗게

촉루처럼 드러누운

군사도로를 타고

여울지는 아지랑이

전운처럼 아른거리는, 아직은

빙토(氷土)

흐느끼는 한탄강, 철의 삼각지대

넓은 벌 적셔 흐르고

역사를 앓는

명성산(鳴聲山)의 통곡소리

지평을 흔드는 밤엔

물울음 깔리는 강안(江岸)의 고석정

임꺽정의 숨찬 고함소리

뒤섞이는 여기는, 서러운

우리의 땅

(하략)

1991년 3월 6일

호계성에서 청산(靑山)

묵원 강 주필(默園 康主筆)께

　(전략) 11회째로 접어든 '신인문예작품공모'행사는 나와 강 주필이 처음 만난 기념적 행사로 자라나고 있고, 고난 중에 낳은 자녀처럼 주신 사옥이며 작년에

첫발을 내딛게 했지만 한국 교회에서 첫 시도가 된 '크리스찬성극제' 그리고 경영합리화의 초석이 된 전산화 작업 등 우리의 손길이 닿는 곳마다 은총의 결실을 주시고 계시니 이보다 더 확실한 증거가 또 어디 있겠습니까? 다가오는 1993년, 그해 11월엔 가장 아름다운 선물로 강 이사님 내외를 저희 내외가 기쁘게 해드리고 싶습니다.

20개 성상을 한 곳을 지키신 것은 본인은 물론 내조의 공 또한 지대하다고 생각합니다.

(하략)

1991년 7월 2일

안양시 호계동 458

(3232) 청산 서(靑山 書)

1991년도 저물고 있었다.

나는 한국문화예술진흥원이 주는 대한민국문학상을 수상하고, 비엔나에서 개최되는 국제 pen 대회에 참석한 길에 러시아 여행까지 했다. 돌아오자마자 대학로극장에서 제2회 크리스찬성극제를 개최했다.

1992년에는 김철호 시집 '시간(時間)의 뿌리, 그리고 꽃'이 출판된 해다. 이 시집은 이듬해 그가 출감한 후 '크리스찬문학가협회'가 주는 문학상을 수상하게 된다.

이것은 그의 두 번째 시집이었다. 그는 1987년 제7회 '예술계' 신인상에 당선된 후 1989년에 첫 번째 시집 '청산(靑山)시집'을 낸

바 있었다. 이 시집 서문에 미당 서정주 선생은 다음과 같이 썼다.

'…… 이 저자가 바로 대재벌 기업인 '명성그룹'의 대표자인데, 그런 대기업의 치밀을 요하는 재정적 경영과 시의 그 순진한 서정적 경영을 어떻게 동시에 이끌어 왔느냐 하는데 대한 내 경이감이 바로 그것이다. 시적 서정성과 그의 기업 경영의 상술과는 어떻게 병행되어 온 것인지, 김철호 씨의 두 가지 재조의 병행은 내 상상력의 한도를 벗어나고 있기 때문이니 말이다. 이걸 먼저 축하하는 바이고, 또 내가 그의 시 원고를 읽고 공감한 점은 그의 철저한 육친애요, 성실한 애족 애향심, 그리고 기독교적 신앙심인데, 그것들은 그가 어려서부터 실제로 겪은 향토적 자연 속에 되도록 잘 융화되려는 취향을 가지고 있어 좋아 보였다.

그 사이에도 1990년에는 김철호·신명진 부부가 쓴 시와 에세이 '시간(時間)의 벌판'이 출판되었고, 1993년 4월에는 다시 김철호·신명진의 시와 에세이 '벽오동 자란 세월'이 출판되었다. 신명진 씨가 쓴 후기를 살펴보자.

지난 10년 세월은 우리 부부에게 있어 무한한 의미와 놀라운 변화를 가져다주었습니다. 그중 가장 두드러진 변화가 문인(文人) 부부로서 거듭남이 아닌가 싶습니다. 87년 봄 호계성(안양교도소를 지칭함)에 계시는 그이가 시인으로 등단한 이태 후인 89년, 저 역시 수필가의 대열에 들어서게 되었으니 말입니다.

(중략) 실로 어느 때보다도 설렘과 희망을 안고 이 문집의 출간을 서두르고 있는 것은 아마도 이 문집의 출간과 함께 저 호계성의 육중한 성채의 십개성상 녹슨 문이 활짝 열릴 듯만 싶기 때문입니다. 이 문집 발간이 결국 세한의 긴 세월을

마감하는 기념 출간이 될 것이라는 확고한 믿음과 함께…….

(하략)

1993년 3월

예상했던 대로 3월 6일 김철호 회장은 가석방이 되고, 이 시집은 그의 출감 기념같이 4월 5일 출판되었다.

4월, 해마다 4월 셋째 주일은 명성 창립 기념 및 부활절 예배가 드려졌었다. 이 해는 김철호 회장 환영 및 '벽오동 자란 세월' 문집 출판 기념 예배와 곁들여 드려졌다. 뿔뿔이 흩어졌던 옛날의 명성 가족들이 운집했다. 내가 사회까지 맡았다. 그런데…….

제7장(第七章)《주일신문》 창간

    김철호 회장은 신문사 건물의 4층 사장실로 매일 출근했다. 명성 재기의 꿈을 키운다고 했다. 그러리라고 예상했던 일이었다. 신문사 기자들도 은근히 기대를 걸고 있었다. 《크리스찬신문》을 일간지로 만들겠다고 말하기도 했다. 그 계획을 세워보라고도 했다. 그런데 어느 날의 일이었다. 업무국장이 내게 가만히 얘기했다.

    "회장님이 건물 권리증을 찾아요."

    "그거 어디 있는데요?"

    "금고 속에 있습니다."

    "갖다 드리세요."

    나는 아무렇지 않게 대답했다.

"그런데 그걸 왜 찾지요?"

오히려 업무국장이 물었다.

"글쎄요……."

"혹시 강 이사님이 갖고 있는 게 아닌가 해서 묻는 눈치던데요?"

"그래요? 그걸 내가 왜 갖고 있어요? 난 그게 어디 있는지도 모르고 있었는데….'"

"글쎄요……."

이번엔 업무국장이 고개를 갸웃했다.

그리고 이어서 이런 일이 있었다. 김 회장의 시집 '시간(時間)의 뿌리 그리고 꽃'이 그해 크리스찬문협상을 수상하게 되었는데, 동시에 '원곡 김기승 서예전'이 개최됐다. 당연히 편집국에서는 취재를 했고, 서예전 기사를 위에 넣고 그 밑에 김 회장의 문학상 수상 기사를 배치했던 모양이다. 그런데 불호령이 떨어졌다는 것이다. 왜 문학상 기사를 위에 크게 취급하지 않고 밑에 작게 취급했느냐는 것이었다.

원곡 김기승씨는 저 10여 년 전, 그러니까 1981년 12월 '김철호 자선서예전' 때 서첩의 제호를 써 주었고, 축사를 했고, 김 회장 자신도 '인사 말씀'에서 "서도계의 대가이신 원곡 김기승 선생님께 심심한 사의를 표하는 바이다." 라고 말하지 않았던가? 그리고 그게 아니더라도 자기가 발행하는 신문에 어찌 자기 기사를 '선생님' 기사 위에 올려 놓을 수 있겠는가?

나는 결단을 내릴 때가 왔다고 생각했다. 10년 전, 명성사건이 터지지 않았더라면 나는 그때 그만두었을 것이다. 사주가 수감되는 통에 주저앉은 셈이었다. 그리고 다시 10년 세월이 흘렀던 것이다.

나는 20년으로 종지부를 찍자고 생각했다. 실제적인 사주 부재 중에 나는 할 일을 할만큼 했다고 생각했다. 이런저런 이유가 없다고 해도 물러날 때가 됐다고 여겨졌다. 다시 생각하니 할 일도 없었다. 그때 마침 충남 서천군 기산면 두북리 소재 동강중학교에서 교장으로 오라는 교섭을 받았다.

그 학교는 나의 모교이기도 했다. 아버님의 친구분이 사재를 털어 설립한 학교였고, 그 학교의 이사장은 바로 내 친구인 이대원의 형님이었다. 형님은 당시 한국정신문화연구원의 부원장이었고, 내 친구 이대원은 삼성항공의 부회장이었다. 친구는 내게 부탁했다.

"자네는 교육에 대한 열정이 남아 있고 경험도 있으니 적격이일세. 형님과 의논했는데, 내려가서 모교를 맡아주게나. 그 학교는 자네 같은 사람이 필요하다네."

나는 그러기로 했다. 그리고 교계 어른들에게 인사를 다녔다. 신문사 건물을 지을 때 도와주신 어른들도 찾아다녔다. 성락교회 김기동 목사를 찾아갔을 때였다.

"우리 교회에서 신문을 창간키로 했네. 중학교 교장으로 간다지만 그건 내가 보기에 낙향이야. 좀 더 있다가도 늦지 않으니 책임지고 좋은 신문 하나 만들어 주게. 20년 동안 갈고 닦은 기량과 노하우를 활용할 좋은 기회 아닌가? 30대는 공부하고, 40대는 경험 쌓고, 진짜 일은 50대부터 하는 걸세. 내 부탁 들어주겠나?"

나는 흔들렸다.

솔직히 내가 경험을 쌓은 일은 신문이었다. 그러나 마음 놓고 그 일에 열중 할 시간은 없었다. 일 배우고 나니 사주가 구속되고, 집 짓는 일과 시설 확충하는데 시간을 다 빼앗긴 셈이었다. 돈 걱정하지 않고 좋은 신문 한번 만들고 싶었다. 아무런 제약받지 않고 제대로 한번 일하고 싶었다.

"성락교회가 이단 소리를 듣고 있는데, 그 방패로 이용하실 생각은 마십시오. 좋은 신문만 만들면 그 문제도 저절로 종식될 것입니다. 그 약속만 하시면 제가 오겠습니다."

"좋습니다. 그렇게 하지요."

나는 1993년 7월 9일 창간 33주년 기념식에서 근속 20년 표창패를 받고, 이튿날 사직했다. 퇴직금은 받지 않았다. 그리고 《주일신문》 창간을 서둘렀다.

《주일신문》의 신앙고백

오늘 우리는 주 예수 그리스도의 이름으로 한국 교회와 일천만 크리스천 앞에 떨리는 마음으로 《주일신문》 그 첫 호를 내놓습니다. 우리는 오랜 준비 끝에 이 작은 등불 하나를 세상에 드러내면서 겸손하지만 분명하게 우리의 신앙을 고백하려 합니다.

첫째, 우리는 주 예수 그리스도의 말씀 위에 신문의 정신을 세우고 이를 실천할 것입니다.

우리는 작금의 어지러이 갈리고 찢긴 이런저런 신학이나 교파주의에 편협되게 기울지 않을 것이며…… (중략)

둘째, 우리는 순교의 피로 세운 한국 교회의 전통을 계승하고 이를 발전시켜 나아갈 것입니다.

한국 교회는 우리 민족이 고통하고 신음하던 척박한 시대에 신앙의 뿌리를 내렸고, 수난의 민족사와 더불어 슬픔과 고통을 나누며 자라왔습니다.(중략)

셋째, 우리는 먼저 스스로 거듭남으로써 한국 교회의 개혁과 갱생에 적은 밑거름이 될 것입니다.

우리는 밖으로부터 오는 비판이나 질책을 겸허하게 받아들이는데 결코 주저하지 않을 것입니다. 그러나 우리가 먼저 생각하는 것은, 밖으로부터의 비판에 대한 두려움이 아니라 우리 스스로의 낡은 신앙과 생활로부터의 거듭남입니다.(중략)

넷째, 우리는 세상의 고통과 역사의 요청에 응답하는 빛과 소금의 역할을 감당하려합니다.

한국 교회는 너무나 오랫동안 교회의 내적 성장에 치우쳐 세상을 내다보는 교회의 창문을 닫아 놓았습니다. 교회 밖을 나서면 거기에 신음하는 역사가 있었고, 고통하는 이웃이 있었습니다. 그러나 우리는 이를 외면해 왔습니다.

이제 우리는 세상을 거짓 없이 바라보고, 이웃과 아픔을 나누고 즐거움을 공유하는 교회를 지향할 것입니다. (중략)

다섯째, 우리는 소박하고 신선한 평신도의 언어를 창출하여 이땅의 기독교 문화 창달에 기여할 것입니다.

선교 2세기를 바라보는 한국 교회는 예배당도 많고 교인도 많고 생활과 무관한 예배도 많습니다. 말도 많습니다. 그러나 너무나 많은 크리스천이 교회의 안과 밖의 문화적 부조화에서 오는 갈등 때문에 삶의 이중성을 드러내고 있습니다. 우리는 이러한 문화 부재의 한국 교회에 새롭고 건강한 크리스천문화가 정착되도록 노력할 것입니다. (중략)

사랑의 주님,

우리로 하여금 이웃의 말과 행동을 먼저 듣고 보게 하소서. 이기심의 포로가 되어 우리가 듣고 싶은 말만 적당히 듣고 우리가 하고 싶은 말만 크게 외치지 말게 하소서. (중략)

사랑의 주님,

우리를 내세우려는데 조급하지 않게 하시고, 오히려 뒤에 숨음으로 당신의 영광만을 나타내게 하소서. 이웃의 티끌만한 허물은 흉보면서도 들보같은 내 허물은 헤아리지 못하는 잘못을 낳지 않게 하소서. (하략)

1993년 9월 5일

대표이사 발행인

강정규 외 35명

9월 5일자를 창간호로 《주일신문》은 발행되기 시작했다. 매주 24면 칼라판이었다. 가판대에도 꽂혔다. 독자가 늘어나고 있었다.

어느날 《크리스찬신문사》로부터 연락이 왔다. 이사직 사임서를 쓰고, 주식 양도서를 인감 증명과 함께 보내 달라는 것이었다. 다른 얘기가 없었다.

《주일신문》은 반응이 좋았다. 유수한 필진들이 참여했다. 교단을 가림없이 각 교회 목사님들이 원고를 보내왔다. 1주년을 맞이했을 때 독자가 6천 명을 넘어섰다. 창간 1주년 기념 예배가 성대히 드려졌다. 그런데 차츰 교회쪽으로부터 잡음이 들리기 시작했다.

"우리 교회 이야기는 한 줄도 들어가지 않는 신문에 왜 우리가 낸 헌금을 쓰지?"

"담임 목사님 이름도 글도 안 싣는 신문을 누가 읽지? 그 신문이 도대체 누구 신문이지?"

교회 지원금이 줄어들기 시작했다.

담임 목사도 어쩔 수 없다고 했다.

끝내는 1995년 6월 17일 사주로부터 총무부장겸 편집 이사가 발령, 파송되기에 이르렀다.

제8장(第八章) 기자 해고 사태

1995년 추석 전날이었다.

기자들이 전원 해고되고, 나도 사표를 썼다. 지령 1백호를 발송한 직후였다.

그리고 2개월 후였다.

나는 집에서 몸살로 누워 앓고 있었다. 밤중에 《크리스찬신문》 신명진 사장으로부터 전화가 왔다. 신문사 사옥을 넘겨 달라는 얘기였다. 그러마고 했다. 그러나 개인 아무개한테 넘겨줄 수는 없다고 했다. 그 건물에는 당시 재직했던 임직원들의 피와 땀이 들어가 있다고 했다. 한국 교회의 헌금이 들어가 있다고 했다. 그러므로 '주식회사 《크리스찬신문》' 앞으로 양도하겠다고 했다. 그리고 그렇게 해 달라는 문서를 받고 싶다고 말했다.

강정규, 강봉규 형제분께

그동안 안녕하셨습니까?

어려운 때에 《크리스찬신문사》 사옥인 대지와 건물을 형제분께서 알뜰히 지켜 주신데 대하여 감사하게 생각하며 이제 대지와 건물의 소유권을 《크리스찬신문사》로 이전해야 될 때가 된 것 같습니다.

이에 필요한 제반 서류를 갖추어 주시면 고맙겠습니다.

회사에서는 앞으로 대지 건물의 양도에 따른 일체의 세금은 물론 두 분께 이에 적절한 사례를 하겠습니다.

형제분께서는 저희 회장님께서 어려움을 겪던 시절 누구보다도 헌신적으로 회사 발전에 기여하셨음은 물론 회장님께도 듬직한 기둥이셨음을 저희 내외는 잊지 않고 있습니다.

앞으로 적절한 시기에 명성인이 되셔서 그 시절 가슴 깊이 간직했던 꿈과 이상을 이루어나가는데 동참해 주시기 바랍니다.

그리고 존경하옵는 철원에 계시는 아버님 어머님께 간절한 마음으로 문후 살피오며 형제분의 양가에 항상 하느님의 은총이 충만하시기를 기원합니다.

1995년 11월 15일

크리스찬신문사

발행인 신＊진　인

나는 문서를 받고 모든 서류를 갖추어 건넸다. 동생 봉규도 나의 뜻을 따랐다. 이날이 바로 김철호 회장이 옥중에서 말한 '그해 11월엔 가장 아름다운 선물로 강 이사님 내외를 저희 내외가 기쁘게 해드리고 싶다'던 '그 날'이었다.

사실 우리 형제는 서류를 갖추어 건네기 전에 염려가 됐고, 망설였었다. 양도 소득세가 제법 많을텐데 미리 계산해서 받던지 공탁이라도 걸게하라는 게 주위 사람들의 이야기였다. 그러나 그럴 수 없었다. 십 수 년을 함께 지낸 사람을 면전에서 어찌 그럴 수 있느냐고 했다. 그런데 일은 어뚱한 데서 먼저 터졌다. 《크리스찬신문》의 임직원들이 들고 일어선 것이었다.

기자 회견문

참석해 주신 기자 여러분께 감사드립니다.

우선 여러분의 이해를 돕기 위해 일반적인 상황을 말씀드리겠습니다.

《크리스찬신문》은 지난 1960년 7월 9일 창간된 기독교계 신문으로 36년의 역사를 갖고 있습니다.

본보는 한국 교회의 공기로 출발하여 교회와 독자 여러분의 성원에 힘입어 복음 전파와 진리 사수, 그리고 정의로운 사회 구현을 위해 온 직원이 진력해 왔습니다.

다른 언론도 마찬가지지만 교회 언론은 특히 이익 추구보다는 선교와 한국 교회 공동 이익을 위해 봉사한다는 특수한 목적이 있습니다.

80년대 초 운영난을 겪던 본보는 당시 발행인이던 이창식 장로가 새로운 경영인을 물색하던 중 재계에서 부상하던 명성그룹 김철호 회장에게 '82년 1월 경영권을 인계했습니다.

레저 산업의 대부로 일려진 김 회장은 인수와 동시 직원들에게 각종 복지 정책 등 신문사의 발전 방향을 약속했으나 약속이 이행되기는커녕 도시산업선교회 특집 기사와 관련해 기자를 해직하는 등 편집권까지 관여했던 것으로 알려지고 습니다.

세상을 떠들썩하게 한 명성사건으로 83년 김 회장이 수감되자 《크리스찬신문》은 그의 부인 신명진 사장에 의해 계속 유지됐습니다.

김 회장이 지난 93년 가석방 되기까지 10년 동안 《크리스찬신문》은 철저히 자급주의 원칙에 따라 직원들은 허리띠를 졸라매며 맡은바 소임에 최선을 다했습니다. 지난 86년에는 직원들의 노력과 한국 교회의 도움으로 현 사옥을 준공했으며, 건축 당시 부채를 갚기 위해 직원들은 희생을 감수해 왔습니다.

신 사장은 김 회장이 출감하면 모든 문제가 해결된다며 '김 회장 석방이 곧 신문사 사는 길'이라고 수시로 강조했습니다.

김 회장이 석방되자 직원들은 그동안 신사장이 누차 강조해 온 '경영혁신'이 이뤄지기를 기대했으나 그 기대는 처음부터 무너졌으며 '조금만 기다리라'고 미뤄왔습니다.

김 회장은 출감 후 첫 예배에서 '《크리스찬신문》의 일간지화'를 공식 발표하기도 했으나 아무런 계획도 준비도 없이 한 해를 넘겼습니다.

《크리스찬신문》은 김 회장 출감 후부터 운영난이 가속화되어 임금 체불은 물론 필자의 원고료 체불로 신문 제작에까지 영향이 미쳤습니다.

이러한 만성적인 운영난을 겪으며 다시 한 해를 보내고, 드디어 이번 사태를 촉발시키는 사건이 발생했습니다. 신명진 사장은 지난 6월 30일 고려상호신용금고에서 6억원을 신문사 명의로 대출 받아 당일 5억7천6백만원을 대여형식으로 김철호 회장이 운영하는 '명성스타월드'에 제공했습니다. 나머지 차액은 위 금고에 적금 1회분으로 납입되었습니다.

이어서 신문사 사옥 등기가 전 주필인 '강정규' 개인에서 《크리스찬신문》으로 변경된 11월 16일 바로 다음 날인 17일, 이 건물을 담보로 수억원(채권 최고 금액 5억 5천만원)을 대출받아 역시 명성그룹의 운영 자금으로 투입되었습니다.

이러한 소식을 전해 들은 직원들은 '신문사는 한 개인의 것이 아니라 우리 모두의 것'이라고 강조해 온 신명진 사장의 공언이 모두 속임수였음을 알고 너나없이 분개했습니다.

더구나 김 회장은 최근 자신이 타고 다니던 그랜저 승용차를 부인에게 넘겨주고 자신은 1억 원을 호가하는 캐딜락으로 바꿔 타고 다니는 기막힌 행동을 벌이고 있습니다.

이를 계기로 직원들은 개인의 사업 수단으로 악용되고 있는 신문사의 현실을 개탄하며 12월 1일 '직원비상대책위원회'를 구성하였습니다.

직원들은 12월 4일 노동부에 신명진 사장을 임금 체불을 사유로 고발했으며,

1. 약속한대로 금년 임금 인상분을 지불하고 임금 체불을 해결할 것.

2. 개인 용도로 담보 제공한 사옥을 원상 복귀시킬 것.

3. 전 직원의 퇴직금을 적립할 것

등 요구 사항을 내용 증명으로 발송했습니다. 그리고 이날 모임에서는 경영주의 문제점과 상식을 벗어난 《크리스찬신문》의 실상을 한국 교회에 알리는 성명서를 작성하여 광고면에 게재하기로 결정했습니다.

위 광고가 게재된 12월 9일자 신문은 9일 오전에야 발송을 마쳤습니다.

신문사 현관에는 집단 행동, 차량 절취, 신문 절취 등을 명분으로 전 직원 해고 공고문이 붙고, 사장은 편집국의 출입문을 걸어 잠근 채 정상적인 업무를 할 수 없게 되었습니다.

그동안 한국 교회의 지원으로 운영돼 온 《크리스찬신문》은 앞으로도 한국 교회의 관심과 지원 속에 '하느님의 역사를 이루는 도구'가 되기를 바랍니다.

개인의 사업 확장을 위한 도구로 이용하려는 특정인의 손에서 해방되어 진정한 하느님의 나라를 건설하는 도구로 쓰임을 받는다면 우리의 희생은 어쩌면 값진 것일 수도 있습니다.

이를 위해 여러분과 한국 교회, 그리고 각 기관들의 적극적인 관심과 지원을 바랍니다.

1995년 12월 11일
㈜크리스찬신문사
직원비상대책위원회

제9장(第九章) 어디 빈방 없습니까?

나는 당시 '재단법인 사랑의장기기증운동본부'의 창립 5주년 기념화보 및 자료집을 만들고 있었다.

《크리스찬신문》의 정황은 들어 알고 있었다. 그러나 어떻게 손을 쓸 방도가 없었다. 기자들은 '《크리스찬신문》 바로 세우기' 서명운동을 벌이고 있었다. 서명자가 1천 명에 육박하고 있다고 했다.

1995년이 저물고 있었다. 12월 31일은 일요일이었다. 이날 아침 김철호 회장으로부터 전화가 왔다. 오후 2시에 롯데호텔에서 만나자는 것이었다.

나는 퇴직금을 해결해 주는 것으로 알았다. 해고된 직원들의 퇴직금 문제가 정리됐다는 것을 들어 알고 있었기 때문이었다.

"강 사장님, 다시 와 주십시오. 모든 문제는 깨끗이 해결되었습니다. 오셔서 새 진용을 짜고 새 출발을 해주십시오."

그들은 사정하고 있었다. 앞으로의 원대한 포부도 피력했다.

"재기 첫 사업으로 객실 1백 26개와 낚시 클럽하우스를 갖춘 청해진 콘도미니엄을 신년 7월 개장하고, 요트 하버 등을 차례로 건설하여 이웃의 보길도, 청산도, 신지도, 노화도를 연결하는 관광단지를 개발할 계획입니다."

그는 출감 후 폐광지역인 태백에 콘도, 스키장, 호텔, 골프장, 실버타운 등 종합레저타운을 건설하겠다는 구상을 밝힌 뒤 정부가 이 아이디어를 따 폐광지역 개발 지원 특별법을 만들었다고 말하고, 선두 주자라는 자부심으로 '태백 개발 사업을 추진 중'이라고 말했다.

"재원을 지금 공개하기는 어려우나 외국계 벤처 끌어들이기로 합의 단계에 와 있으므로 자신 있습니다."

그는 묻지도 않는 말을 장황하게 늘어놓았다.

"우선 직원들의 퇴직금 문제가 해결됐다니 다행입니다. 함께 일하던 동료들의 퇴직금 문제가 항상 부담스러웠기 때문입니다. 그리고 부족한 저를 잊지않으시고 다시 불러 주시는 데 대하여 감사합니다. 저는 제 인생의 가장 중요한 시기 20년을 바쳐 봉사한 《크리스찬신문》이 하느님 보시기에 아름다운 기관으로 존속되며 한국 교회에 기여하기를 바랍니다. 그러나 지금 당장은 어떻게 할 수 없습니다. 현재 사랑의장기기증운동본부에서 하는 일이 끝난

후에나 생각해 볼 문제입니다. 본부장과 그렇게 약속했기 때문입니다.”

“좋습니다. 청을 받아주시니 감사합니다. 되도록 그 일이 빨리 끝나서 오시기를 바랍니다.”

두 시부터 시작한 이야기는 날이 어둘 무렵에야 끝났다. 나는 주로 듣는 쪽이었고, 마지막에야 내 의사를 밝혔다.

우리는 악수를 하고 헤어졌다. 김 회장은 헤어질 때 한 번 강조했던 것이다.

“우리 다시 한 번 일어서 봅시다!”

집으로 신문 두 가지가 배달되고 있었다. 하나는 《크리스찬신문》이고 다른 하나는 《주일신문》이었다. 두 신문 다 내가 만들던 신문이었다. 그런데 두 신문 다 영 딴 신문이 되어 있었다.

임직원 전원 해고 후 그 가운데서 일백팔십도 전향한 한 부장이 하루아침에 국장이 되어 여기저기서 끌어모은 기자들과 옹색하게 면을 메꾸는 《크리스찬신문》이 내 눈에 찰리 없었다. 그리고 이와 비슷하게 임직원 전원 해고 후 자진 폐간을 부르짖던 《주일신문》 또한 교회 주변에서 끌어모은 기자들이 사주의 눈치를 보며 만들어내는데 제호만 전과 동일할 뿐 내용은 영 딴판이었던 것이다.

전자는 함량 미달이었고 후자는 교회 주보에 지나지 않았다. 나는 신문이 오는 족족 쓰레기통에 구겨박았다. 그러나 《크리스찬신문》은 자꾸만 눈에 띄었다.

'저러다가 《크리스찬신문》 영영 숨 끊어지고 말지.'

주위에서 이런 소리도 들렸다. 독자가 턱없이 떨어졌다는 것이었다. 계속해서 떨어지고 있다는 것이었다. 광고에도 영향을 미친다는 것이었다. 거기에다 다른 교계 신문들은 앞으로 쭉쭉 뻗어나가고 있었다. 이런 추세에서는 현상유지도 퇴보를 의미했다. 그런데 다른 신문들은 상승기류를 타고, 《크리스찬신문》은 모든 면에서 역부족이었다. 뒷배경이 되는 명성그룹의 사업 또한 뜻대로 되지 않는 모양이었다. 사실 그것이 어찌보면 당연했다. 세상은 지난 10년 동안 급변했다. 그런데 김 회장은 10년 전의 생각을 그대로 가지고 있었고, 10년 전의 방법을 그대로 쓰고 있었던 것이다.

기자들은 열심인 것 같았다. 그러나 한계가 있었다. 사물을 바로 보고 바로 쓰기까지는 훈련 기간과 경험이 필요했다. 훈련 없이 전장에 나선 격이었다. 보기에 안타깝기 그지없었다.

그동안 여러 차례 신입 편집국장으로부터 지원 요청도 있었다. 자문에 응하기도 했다. 그러는 사이 《크리스찬신문》은 창간 36주년을 맞았다. 제16회 신인문예상 응모 작품 심사를 맡아 달라고 했다. 그것도 응했다.

1996년 7월 9일, 백주년 기념관에서 거행된 창간 기념행사에 참석한 나는 그냥 그 자리에 주저앉고 싶었다. 심사 소감을 말하러 단위에 올라섰는데 그렇게 큰 강당에 손님이 몇십 명에 불과했다.

《크리스찬신문》의 현재 상황을 단적으로 보여주는 광경이었다. 역사이래 그런 적이 없었다. 자신이 초라했다. 그리고 일말의 책임을 느끼지 않을 수 없었다.

여름휴가를 맞아 멀리 백령도에 다녀왔다. 거기서 며칠을 지내며 많은 생각을 했다.

당시 일하던 사랑의장기기증운동본부는 대우도 좋았다. 사무실도 쾌적했다. 거기에다 나는 독방을 쓰고 있었다. 전철 5호선이 개통되면 교통도 편리해질 것이었다. 시간도 넉넉했다. 하는 일도 적성에 맞았다. 글도 쓸 수 있었다. 정년이나 명예퇴직도 걱정할 필요 없었다. 기관이 하는 일도 의미가 있었다. 죽어가는 사람을 살리는 일이었다. 그런데 마음이 편치 않았던 것이다.

여행에서 돌아온 나는 김 회장에게 전화를 걸었다.

"지난 해 섣달 그믐날 말씀하신 것, 아직도 유효합니까?"

"유효하다 뿐입니까? 하루 빨리 부임하십시오."

그의 말은 언제나 당당했다.

나는 하던 일을 정리하고 10월 1일부터 출근하기로 했다. 그런데 드디어 양도소득세 납부고지서가 날아들었다. 내게 나온 건물분은 1천 5백만원에 가까웠고, 동생에게 부과된 토지분은 1억에 가까운 거액이었다. 그야말로 억, 소리가 났다. 기한은 1996년 9월 말일이었다.

1996년 10월 10일

11시에 서초동 법원가의 김동현(金洞玄)변호사 사무실에 들렀다.

며칠 전 시인 나태주 선생의 시집을 받고, 그의 고등학교 때 친구라는 김 변호사의 전화번호를 알아가지고, 밤중에 전화를 걸어 방문 약속을 받아 냈던 것이다. 교대역에 내려 보람은행 뒤 하림빌딩 301호를 찾았다.

아직 출근 전인듯했다. 들고 간 책을 보았다. 11시 10분 쯤 그가 왔다. 귀가 크고 머리카락이 히끗히끗한 50대 초반의 사내, 지적이고 눈빛이 세다. 함께 공주사범을 나와 교편을 잡다가 변호사가 되고 시를 쓴다는 사람. 나는 명함 삼아 약력이 적힌 창작집을 건넸다.

그는 간추려 전한 내 이야기를 듣고 몇 마디 묻더니 대뜸 입을 뗐다.

"사업하는 사람들 맹숩니다, 그곳은 정글이지요. 선비정신 가지고 상대가 안 돼요. 내가 너무 세상을 황폐하게 보는지 모르지만…… 담판지세요. 안 되면 형사 고발하는 수밖에 없습니다. 회사돈 빼내고, 20년 애쓴 사람 피눈물 흘리게 하다니, 그냥 두면 안 돼요. 그 사람들 그렇게해서 돈 버는 이들이죠."

그는 분개하고 있었다.

나는 조금만 더 기다리다가 해결 안 되면 다시 들르겠다고 하고 사무실을 나왔다, 내가 분개하고, 그가 오히려 사람을 믿어야지 않겠느냐고 말하기를 바랬었다.

잠이 오지 않는다, 새벽 3시다, 아파트의 물탱크를 청소한다고 단수, 보일러가 가동되지 않아서인지 좀 춥다. 거실의 보일러 계기에 빨간불이 반짝이고 있었다. 점검을 요하는 불빛이었다. 그래, 점검이 필요한 시기였다.

지난 10월 1일 출근했을 때, 김 회장도 신사장도 보이지 않았다. 업무국장에게 물어보니 며칠째 출근하지 않는다는 것이었다. 광고국장에게 물어보니 '빚장이들에게 쫓겨 도망 다닌다'는 것이었다. 신 사장의 대학 동창이라는 신임 업무국장하고만 전화 연락을 한다고 했다.

10시쯤 김 회장으로부터 전화가 왔다. 나를 찾는다는 것이었다. 전화를 받았다.

"다음다음 주부터 출근하시지요, 양도소득세도 그 안에 해결하겠습니다."

전화가 끊겼다.

1996년 11월 1일

지난해 11월 1일엔 첫눈이 왔다. 사랑의 장기기증운동본부에 첫 출근 했던 날이다.

3년 만에 돌아 온 《크리스찬신문》, 엉망진창이다, 연말까지만 이대로 놔두면 숨이 끊어질 판이다. 인공호흡을 시키러 온 셈이다.

경동교회에 들러 '크리스찬성극제' 장소를 결정하고 돌아오는 길에 분도출판사 직영서점에 들러 『사람은 왜 사는가』를 한 권 사 들고 왔다. 머리카락이 허연 낼모레 환갑을 바라보는 나이에 사람은 왜 살다니, 누가 보는 것 같아 감춰들고 돌아왔다.

박홍근(朴洪根)문학상 수상자로 결정됐다는 소식 듣다.

그러나 저러나 걱정이다.

좀 더 기다려보겠지만 세금을 끝내 못 내게 되면 어쩐단 말인가. 우리 집도 그렇지만 겨우 먹고사는 동생네는 또 어쩌란 말인가. 1억이 누구 애 이름인가. 거기에다 조카는 만성신부전증으로 걱정 끊일 날이 없는데, 국세라는 게 기한 넘기고 얼마 지나면 차압이 들어오고, 공매처분도 불사한다는데, 그러면 어린것들 데리고 한데 나앉게 된단 말인가. 이 무슨 날벼락인가,

김*호 회장님께

1996-11-23

제례하옵고,

전화 통화를 하고나서, 그전에도 마찬가지였지만 기다리던 중 이제는 더 이상 기다릴 수 없어 편지를 씁니다.

약속하신 날짜도 믿을 수 없고, 이제 다른 방법을 찾아볼 수 밖에 없습니다.

(중략) 회장님께서는 저 같은 하위층의 생활은 이해가 잘 안 될 것이라는 생각도 들고, 만에 하나 무시당하는 것 같은 생각도 듭니다, 그렇지 않으면 왜 전화도 없고 다른 방법으로 전갈이라도 보내지 않습니까?

제가 무슨 죄가 있기에 이런 고통을 받아야 합니까?

(중략) 만약 세금을 내주실 의사가 있다면 가능한 한 날짜를 조금이라도 앞당겨 주시고, 현금 보관증 아니면 어음이라도 써 주시고 공증을 할 수 있게 해 주십시오.

발신 : 강봉규(인천광역시 계양구 작전동 102-3 뉴서울아파트 ∙-1∙9

수신 : 김∙호(서울시 종로구 신영동 179-∙1호)

김∙호 회장님

신∙진 사장님

약속하신 연말입니다.

지난 주에 이어 교회까지 찾아갔었습니다. 집을 잃게 하고, 이래야 되는 건지

모르겠습니다. 연락도 되지 않고, 더 이상 기다릴 수도 없습니다. 장로님,

권사님이 이러실 수 있습니까?

빨리 방이라도 구해 주시기 바랍니다. 사람을 믿은 결과가 이래야 되겠습니까? 저는 어디로 갑니까? 지난 1년 동안 제가 받은 피해를 생각하십시오,

1996년 12월 29일

강 봉 규 올림

"빈 방 없습니까?"

이것은 연극이 아닙니다.

사람 믿고 도장 한 번 찍어주고 17평짜리 아파트 우리 집 전 재산이 날아갔어요. 우리 집 네 식구가 지금 엄동설한에 쫓겨나게 생겼어요. 길을 가다 강도를 만난 셈이지요.

누가 그랬냐구요?

명성그룹 회장 김•호 장로님과 《크리스찬신문》 사장 신•진 권사님요.

연락도 안 돼요. 전화도 안 받구요.

서울 시민 여러분!

교우 여러분!

캐디락을 타고 다닌다는 그분을 본 분 없나요? 그리고 여러분 어디 빈 방 없습니까?

1996년을 보내며, 강봉규

(저의 전화는, 7*3-1173)

나는 할 말이 없었다.

전단을 뿌리고 다니는 동생을 말릴 수도 없었다.

사람은 참 이기적인 동물이다. 가정 불화까지 일으키며 어떻게 변통해서 내게로 나온 세금 1천4백 몇십만 원은 12월 30일 납부했다. 동생에게는 우리 집만 건졌다는 말을 할 수도 없었다.

종장(終章) 옥수수는 잘도 큰다

박*진(朴*鎭)선생님께

　만원 전동차의 노약자 보호석에 청춘 남녀가 선글라스까지 걸치고 앉아 노닥거리는 모습은 결코 아름답지 못합니다.

　이름도 아름다운 난지도에 우리네 삶의 찌꺼기가 한창 쌓이고 있던 때, 제 동생 봉규는 악취와 파리떼 속에서 결혼식을 올리고, 아예 거기 눌러앉아 어린이 놀이방을 열었습니다.

　하루는 아이들 간식거리를 마련해 가지고 찾아갔다가 땡볕 아래서 쓰레기를 줍고 있는 수녀님을 보았습니다.

　다음번에는 어떤 독지가가 기증한 풍금을 차에 싣고 찾아갔는데, 이번엔 쓰레기 자루를 무겁게 메고 걸어가는 수녀님 뒷모습을 보았습니다.

"저 수녀님들 여기서 뭐하니?"

내가 묻고,

"보시는 바와 같이 여기서 쓰레기 주우며 살죠."

동생이 대답했습니다.

그날 저는 그 수녀님 방을 찾았습니다. 수녀님은 거기서 쓰레기장 주민들과 똑같이 살고 있었습니다.

쓰레기장에서 주운 판자와 비닐 조각으로 얽어맨 집안에 그것 또한 쓰레기 더미에서 찾아낸 이런저런 가구를 들여놓고 그냥 거기 그렇게 살고 있었습니다.

여름이었고, 출입문엔 모기장을 발랐으나 악취는 물론 파리떼의 난무 속에서 저는 점심 식사로 라면 한 그릇을 대접받았습니다. 그런데 그것이 그렇게 맛이 좋을 수가 없었습니다. 그리고 후식으로 복숭아 하나를 접시에 받쳐 내왔는데, 삼분의 일 이상이 썩어있어 그쪽을 칼로 도려낸 것이었습니다.

저는 그 복숭아를 먹으며 목이 메였습니다.

전통 가정의 경우 상차림은 대개 손자와 할아버지의 겸상이었습니다. 지금 생각하면 그것도 부모 자식 간의 지나친 애정에 대한 제어장치로 이 또한 선인들의 지혜가 아니었나 싶습니다.

겸상은 물론 두레반의 경우도 밥상의 맨 가운데 간장 종지가 놓이게 마련입니다, 그 간장 종지를 중심으로 다른 반찬 그릇들이 아름다운 구도를 이루며 자리 잡고, 또한 식사 중 각자의 식성에 따라 음식의 간을 맞추었습니다.

　지금은 주거 문화가 간편해지고 가족들의 식사 시간마저 들쭉날쭉이라 흔히 볼 수 없는 광경이지만, 손아래 사람은 어른이 먼저 수저 들기를 기다리고, 어른 다음으로 국의 간을 맞추고 아무리 맛있는 찬이 있어도 자주 그 그릇에 수저를 대지 않으며, 아무리 급하거나 배가 고파도 먼저 뚝딱 먹어 치우고 어른보다 앞서 수저를 놓거나 자리를 뜰 수 없는 것이 불문율로 되어 있었습니다.

　그런데 밥상의 구도를 이루는 축이 되고 음식의 간을 맞추는 이 간장 종지가 잘못해 엎질러지는 경우, 밥상은 일시에 균형이 깨질 뿐만 아니라 심한 악취를 풍기는 것이 상례입니다.

　사물이 있을 자리를 떠날 때 그것이 일으키는 전체 구도의 난맥상, 그리고 그것이 미치는 주위의 영향은 지대합니다.

　정치인이, 장사를 하는 사람이, 농부가, 교사가, 학생이, 성직자가 그리고 또 다른 누군가가 어느 때, 어느 곳에, 어떤 모습으로 있느냐는 대단히 중요한 문제입니다.

　난지도 땡볕 아래 쓰레기 줍던 수녀님과 어릴적 밥상 가운데 놓여있던 간장 종지에 대하여 요즘 자주 생각하게 합니다.

　- 이상은 제가 크리스찬신문으로 다시 와서 맨처음 쓴 컬럼입니다.

박 선생님,

요즘의 제 자리는 어떤지 모르겠습니다. 이런 글을 쓰는 제 모습도 그렇구요. 저는 지금이야말로 선생님이 1971년 1월 5일에 쓴 편지에서 말씀하신 바 있는 '대화자'가 필요합니다.

저는 이 글을 쓰면서도 망설입니다, 제가 쓰는 이상 '나는 괜찮은데 다른 사람이 나쁘다'는 식이 되면 어쩌나 싶은 까닭입니다.

박 선생님,

제가 《크리스찬신문》에 다시 출근한지도 반년이 지났습니다.

오늘 아침엔 출근했는데 현관문이 잠겨있더라구요. 열쇠를 가진 사람이 밤사이 행방을 감추었기 때문입니다. 현관 앞엔 쓰레기와 담배꽁초가 흩어져 있고, 오랫동안 물을 주지 않은 화분 식물들은 시들어가고 있었습니다.

저는 지난 6개월 동안 김 회장도 신 사장도 본 적이 없습니다. 신임 업무국장의 말로는 '밖에서 일을 보신다'는 것입니다. 그 또한 찾아오는 채권자와 싸우느라고 '업무'는 볼 겨를이 없습니다, 오늘은 그마저도 나타나지 않았습니다. 자신이 현관 열쇠를 갖고 있는데 말입니다.

얼마 전 이런 일이 있었습니다.

저희 신문을 인쇄해주는 인쇄소의 사장이 바로 김 회장의 인척인데, 거기에도 인쇄비가 1천여만원 밀려 있었습니다. 신문 인쇄를 그만두느니 어쩌느니 속을 썩히자, 김 회장은 업무국장을 시켜

3천만 원짜리 어음을 주면서 그것을 할인하여 1천만 원은 인쇄비로 제하고 나머지 2천만 원은 자기를 달라고 했답니다. 그런데 그 어음이 부도가 나고, 인쇄소 사장은 궁지에 몰리게 된 것입니다. 자기가 받은 인쇄비 1천만 원은 고사하고, 할인해 갔다 바친 2천만 원 때문에 닦달을 당하게 된 것입니다. 거기에다 그 어음이라는 것이 업무국장이 대표로 되어있는 유령 회사의 것이었답니다. 그래서 결국 업무국장은 열쇠를 가진 채 행방불명이 된 것이랍니다.

제가 안 할 얘기까지 하는 것 같습니다. 누워서 침뱉기나 마찬가진데 말입니다. 저도 정신이 좀 이상해졌는지도 모릅니다.

박 선생님,

저는 당초 지주의 아들이었습니다.

어려서 읽은 위인전들의 시작은 대개 '그는 가난한 농부의 아들로 태어났다'로 시작됩니다. 그런데 저는 부농의 아들이었습니다. 그러므로 '위인'은 되기가 시작부터 틀렸습니다. 그런데 마침내 가난이 찾아왔던 것입니다.

선생님은 20여년 전 저의 글 '방화(放火)'를 읽으셨으므로, 당시 강원도 철원에서 사격장의 아이들을 모아 가르치던 엿장수 선생인 저를 아실 것입니다.

바로 그 가난으로 인하여 저는 배운 것이 많습니다. 가난은 고통스럽습니다. 그런데 제게 있어서 고통은 다른 한 편 축복이기도 했습니다. 고통은 때로 자기 존재를 확인시킵니다.

우리 세대는 어렸을 때 대개 검정 고무신을 신었는데, 새 고무신은 때로 뒷꿈치를 벗겨지게 만듭니다. 그 아픔을 통해 우리는 평소 까맣게 잊고 있던 발이 거기 있음을 알게 됩니다.

제 자신을 확인하며 맨 먼저 쓴 글이 《신동아(新東亞)》에 발표되고, 그 일로 저는 박 선생님을 만났습니다.

박 선생님을 통하여 보내 주신 책으로 키에르케고르를 읽고 '두 개의 언덕이 만드는 골짜기의 불쌍한 개'를 통하여 이현주 목사를 만나고 그를 통하여 로맹 롤랑의 『그리스도 폴의 강』, 찰스 셀돈 목사의 『주의 발자취를 따라서』를 읽게 되었습니다. 예수 그리스도를 만나게 된 것이지요..

박 선생님,

마지막으로 기쁜 소식을 전하고 싶습니다. 지난해 섣달 그믐, 저는 또 한 번 '천사'를 만났습니다.

12월 30일, 세금을 냈다고 말씀드렸는데, 바로 그 이튿날, 그러니까 섣달 그믐날의 일입니다.

직원들이 다 퇴근하고 혼자 사무실에 앉아있는데 전화가 왔습니다. 다름 아닌 '천사'였습니다. 그분은 아직 누군지를 밝힐 수가 없기 때문에 그냥 '천사'라고만 부르겠습니다.

"강 선생, 요즘 기분이 언짢지? 잘 안다구. 다름 아니라, 내게 좀 여유가 생겼는데 하고 싶은 일 하나 시작해 보라구. 내일이 새핸

데 그렇게 울상으로 새핼 맞아서야 쓰겠어?"

그분이 말했습니다. 전날 세금으로 바친 액수의 꼭 배가 되는 액수였습니다. 저는 새해 연초 휴가를 잡지 생각으로 보냈습니다.

제호는 《시와 동화》로 지었습니다. 이때야말로 어린이는 물론 어른들이 동화를 읽어야 할 때입니다. 저는 '동화 읽기 운동'을 펴기로 했습니다.

《시와 동화》이야기

1978년 이른 봄, 서울에서 이곳 부천으로 이사했다,

1997년 가을 창간한 《시와 동화》가 2022년 6월) 여름, 통권 100호를 출간하

였다.

그간의 얘기를 기록으로 남긴다.

《시와 동화》창간

만기 제대 후, 강원도 철원에서 시작한 '청소년 야학운동'은 서울 구로공단, 경기도 안산으로 이어지는 사이 10년이란 세월이 흐른다. 그 내용을 적은 글(《신동아》1969년 12월 호 논픽션 당선작 「방화」참고)을 읽었다면서 '안타까워' 찾아온 이현주(동화작가, 번역가, 목사)는 자기 의자(《크리스챤신문》기자 자리)를 비우고 나를 대신 앉힌다. 10년이나 무료 봉사를 했으면 할 만큼 했으니 그만 마무리하라면서.

그 회사에서 20년을 일했다. 당초 10년만 있기로 했는데, 그야 말로 할 만큼 했으니 그만두기로 했다. 퇴직금은 받지 않기로 했다. 회사 형편도 형편이지만 재직 기간 중 나는 얻은 게 많았다. 우선 예쁜 아내를 만나 두 아들을 얻었고, 작으나마 아파트도 한 채 마련했다. 무엇보다 《현대문학》 추천으로 '작가'가 됐다. 솔직히 퇴직금 같은 거 미련이 없었다.

 1996년 12월 31일이었다.

 창밖은 이미 어둠이 내리고, 이제 벽에 걸린 바바리만 벗겨 걸치고 방문을 나서기만 하면 끝이었다. 그 때 전화벨이 울렸다. s선생님이었다.

 "건너와 저녁 식사나 함께 하지."

 선생님은 압구정동 만두집에서 기다리고 계셨다.

 "회사를 그만두겠다고?'

 "예, 그만두었습니다."

 "그럼 뭘 할 텐가?"

 "여행도 좀 하고, 작품을 써야지요."

 내가 기세 좋게 말하자 선생님이 웃으셨다.

 "강 선생님! 내가 결혼은 안했지만, 남자는 아침에 일어나면 일터가 됐든 공원이 됐든 밖으로 나가야 해. 아침밥 먹고, 집안에서 뒹굴면 부인한테 천덕꾸러기 되기 십상이라고."

 "……."

 "이거, 내 퇴직금에서 좀 떼어놓은 건데, 얼마 안 되지만 강 선생님 하고 싶은 일에 보태 쓰세요. 그리고 이 일은 없었던 걸로 하고."

선생님이 손가방에서 흰 봉투를 꺼내 내 앞으로 밀어놓았다.

돌아오는 길, 환승하기 위해 신도림역에서 내린 나는 화장실에 들러 봉투를 열어보았다. 동그라미가 여러 개였는데, 나중에 알고 보니 받지 않은 내 20년 근속 퇴직금과 같은 액수였다. 참 이상한 일이었다. 내가 만약 퇴직금을 받았더라면, 그 돈은 마땅히 아내 몫이지 잡지 발행에 넣지는 못했을 게다.

그 겨울을 보내며 우선 제호를 생각했다. 《시와 동화》, 이름이 정해지자 편집 위원을 선정하는 한편 문화공보부에 정기간행물 등록(공보 바 02704)을 필하였다. 그리고 1997년 9월 1일, 드디어 창간호 3천부를 제작 배포하였다. 원고료는 현금 대신 철원 오대 쌀 20kg 이었다.

붙박이 제호 밑에 부치는 부제와 함께 현물 원고료는 지금도 여전히 《시와 동화》'전설'이 되고 있다.

그러면 지난 20여 년간 《시와 동화》 표지에 부쳐온 부제목을 알아보자.

《시와 동화》 부제들

1997년 가을(통권1호) / 가장 낮은 곳에서 드리는 향기
(정임조의 동화 「코님과 귀님께 드리는 향기」에서 따옴.)

1997년 겨울(통권2호) / 눈 내리는 아침에 띄우는 편지

1998년 봄(통권3호) / 꽃샘바람 속에 터뜨린 꽃망울

1998년 여름(통권4호) / 나무 아래 누워 듣는 매미 소리

1998년 가을(통권5호) / 울 밑에 귀뚜라미 우는 달밤에
(동요 「기러기」)

1998년 겨울(통권6호) / 화롯가에 앉아서 듣는 이야기

1999년 봄(통권7호) / 날아라 새들아 푸른 하늘을
(동요 「어린이날 노래」)

1999년 여름(통권8호) / 미루나무 비질하는 하늘 흰 구름

2004년 봄(통권27호) / 달래 냉이 캐려다 만난 민들레

2004년 여름(통권28호) / 산도 들도 나무도 파란 잎으로

(동요「파란 마음 하얀 마음」)

2004년 가을(통권29호) / 앞 텃밭 토란잎에 또르르르 아침이슬

2004년 겨울(통권30호) / 눈 쌓인 운동장에 참새 한 마리

2005년 봄(통권31호) / 무장다리 꽃밭에 배추흰나비 훨훨

2005년 여름(통권32호) / 비 개인 아침 창 열고 듣는 새소리

2005년 가을(통권33호) / 감이 하나 남았네 까치밥이지 뭐

2005년 겨울(통권34호) / 손바닥을 쫙 펴 봐, 햇볕이 가득 차지

2006년 봄(통권35호) / 간밤에 봄비 내리더니 앵두꽃 활짝

2007년 여름(통권36호) / 청국장 꽁보리밥 낮잠 한숨 푹

2008년 가을(통권37호) / 지붕 위 달도 박도 호박처럼 둥글고

2008년 겨울(통권38호) / 달밤에 가지마다 배꽃 같은 눈꽃이

2007년 봄(통권39호) / 툇마루에 고양이 속눈썹도 무겁다

2007년 여름(통권40호) / 줄기 가지 자라고 열린 열매 여물고

2007년 가을(통권41호) / 아이들이 슬픔없이 사는 나라 좋은 나라

2007년 겨울(통권42호) /아침 까치 우짖네 반가운 이 오시려나

2008년 봄(통권43호) / 오늘 하루, 또 하루 모여서 백 년

2008년 여름(통권44호) / 뿌리 깊은 나무… 꽃 좋고 열매 실하니

2008년 가을(통권45호) / 물이 끊어지지 아니하는 샘같은 나날

2008년 겨울(통권46호) / 소나무여 소나무여 변함이 없는 그 빛

(동요「소나무야」)

　2009 봄(통권47호) / 잔디 언덕 양지쪽에 할미꽃이 다소곳

　2009년 여름(통권48호) / 열린 열매 익어가네 푸른 산과 들에서

　2009년 가을(통권49호) / 여문 씨앗 퍼뜨리려 열매들은 익어간다

　2009년 겨울(통권50호) / 초록 사이사이 붉은 꽃송이듯 마음가득
붉은 해 간직하소서

　2010년 봄(통권51호) / 무제

　2010년 여름(통권52호) / 무제

　2010년 가을(통권53호) / 무제

　2010년 겨울(통권54호) / 무제

　2011년 봄(통권55호) / 무제

　2011년 여름(통권56호) / 나무 위에서 맴맴 그늘 속에서 쿨쿨

　2011년 가을(통권57호) / 잠자리 떼 뱅뱅 송사리 떼 반짝

　2011년 겨울(통권58호) / 깊은 겨울 속에서 새 봄은 움터 온다

　2012년 봄(통권59호) / 노랑나비 흰나비 이리 날아오너라

　2012년 여름(통권60호) / 하얀 꽃 찔레꽃 순박한 꽃 찔레꽃

　2012년 가을(통권61호) / 처음 마음 그대로 어느새 환갑 나이

　2012년 겨울(통권62호) / 다람쥐가 묻어 둔 도토리도 겨울잠

　2013년 봄(통권63호) / 청보리밭 바람결 종달새도 쪼로롱

　2013년여름(통권64호) / 미루나무 그늘 밑 흑염소도 음매에

　2013년 가을(통권65호) / 누에가 잠들었네 깨어나기 위해서

2013년 겨울(통권66호) / 벼벤 논 그루터기 농사꾼 아빠 지문

2014년 봄(통권67호) / 이 이쁜 꽃 겨우내 숨죽여 기다린 날

2014년 여름(통권68호) / 아이들이 슬픔없이 사는나라 좋은나라

2014년 가을(통권69호) / 해는 지고 저 달팽이 집은 지고 어디 가나

2014년 겨울(통권70호) / 시계 있던 빈 자리 눈길이 자주 가듯

2015년 봄(통권71호) / 산동네 낯선 골목 추녀 밑에 민들레

2015년 여름(통권72호) / 질경질경 밟혀도 질경이는 푸르다

2015년 가을(통권73호) / 꽃이 된 강아지 똥 권정생 유작 특집

2015년 겨울(통권74호) / 비바람 눈보라엔 더욱 푸른 솔이다

2016년 봄(통권75호) / 원숭이 해 신춘문예 당선작과 신작 모음

2016년 여름(통권76호) / 미루나무 그늘 속 옥수수 하모니카

2016년 가을(통권77호) / 가라앉은 개울물에 흰구름도 흘러가네

2016년 겨울(통권78호) / 겨울이 깊었어요 저만치 봄이 와요

2017년 봄(통권79호) / 간밤에 비 그치더니 앞산이 성큼 다가서

2017년 여름(통권80호) / 우리네 바람은 오직 시와 동화가 있는 집

2017년 가을(통권81호) / 돌아보고 내다보며 이십년 전 여름처럼

2017년 겨울(통권82호) / 떡갈나무 뿌리 아래 다람쥐랑 두꺼비랑

2018년 봄(통권83호) / 2018년 신춘문예 동시·동화 당선 작가 특집

2018년 여름(통권84호) / 말씀의 절이 시래요 시 중의 시는 동시죠

2018년 가을(통권85호) / 우리들이 쓰는 동화 상품인가 작품인가

2018년 겨울(통권86호) / 있는 집이나 없는 집 집집마다 집이 한 채

2019년 봄(통권87호) / 글 쓰는 법 따로 없다 쓰는 만큼 많다는 뜻

2019년 여름(통권88호) / 보고 듣다 얻은 열매 동시100인 여름 특집

2019년 가을(통권89호) / 빨간 차 지붕 위에 샛노란 은행잎들

2019년 겨울(통권90호) / 짧은 얘기 긴 울림 손바닥 동화 모음

2020년 봄(통권91호) / 멎지 않고 흐르면서 거기 있는 강물처럼

2020년 여름(통권92호) / 마주보고 밝게 웃는 어제보다 밝은 내일

2020년 가을(통권93호) / 뜻있고 재미있는 내 얘기 우리얘기

2020년 겨울(통권94호) / 복사골 우리 동네 눈 오는 밤 이야기

2021년 봄(통권95호) / 코로나 꽃샘추위 버티면서 앞으로

2021년 여름(통권96호) / 요만큼 적은 말로 이만큼 깊은 뜻이

2021년 가을(통권97호) / 우리 모두 섬 됐어요 썰물 때는 언제 오나

2021년 겨울(통권98호) / 마스크를 쓰세요 눈이 계속 네려요

2022년 봄(통권99호) / 코로나 펜데믹에도 새내기들 활기차게

2022년 여름(통권100호) / 걸어온 날들 같이 한 걸음씩 앞으로

아동문학 작가를 꿈꾸는 이들에게

아동문학 작가의 꿈을 키우는 분들에게 도움이 될 수 있는 글들을 뽑아 정리
했습니다.

  - 지금은 이야기를 잃어버린 시대이고, 우리는 노래를 잃어버린
세대이다. 우리는 이야기를 잃은 대신 광고 카피와 넋두리를 얻었
고, 노랫소리를 잃은 대신 광기와 소음을 얻었다. 이야기와 노래
에는 의미가 있다. 그러나 우리는 의미를 잃어버리고 잡다한 일에
허둥대며 향방 없이 달려가고 있다.

  이야기는 자기 자신을 확장시키며 기존의 사물을 재해석하게
만든다. 이야기는 상호 이해와 관계를 조성하며, 인간 회복의 첩
경이 된다. 노래 또한 마찬가지다. 동화의 원형은 이야기이고,
시의 원형은 어울려 부르는 노래가 그 근간이 된다.

- 9호 강정규

- 시인과 독자가 작품을 이해·감상·수용하려면 동질의 체험과 동수준의 체험이 있어야 한다. 같은 수준의 체험과 질적으로 비슷한 체험을 직·간접으로 경험한 독자가 짚어 낼 수 있다.

　아동문학과 일반문학(성인문학)으로 2분법 구분개념이 통하고 있는 오늘날에는, 청소년들이 읽고 즐길 만한 수준의 작품을 창작 공급해야 할 책임이 있다.

　어린이를 위한 문학은, 인간을 위한 문학의 기초이다. 아동문학은 성인문학과 별개의 뿌리를 가진 것이 아니라, 일반(성인)문학이라는 한 그루 나무의 밑기둥이다. 손가락만한 묘목이 자라서 큰 나무가 되면 묘목은 사라진 것이 아니라 밑기둥 한가운데 나이테로 남는다.

　설익은 살구는 독이지만 잘 익은 살구는 향기 좋은 과일이다. 설익은 살구를 따서 살구라고 내놓는 작태는 배척되어야 한다. 동시는 고운 낱말을 골라 짜맞추기를 하면 되는 줄 알고, 동화에선 구성·표현·기교·전개기법이 간과되어도 되는 줄 착각하고 있는 사람들이 바로 정서지진 현상 보유자들이다.

　어린이를 위해 글을 쓰지만, 그러나 의식에선 어른다워야 할 일이다.

- 11호 유경환

　- 문학인의 사명 중의 하나는 눈에 보이지 않는 중요한 것의 메

시지를 눈에 보고 싶어 하는 세상 사람들에게 전하는 것이라고 생각한다. 많은 사람들이 눈에 보이지 않는 중요한 것보다 손으로 만져지는 덜 중요한 것에 집착하여 세상을 살아간다. 그 가운데 있는 특히 우리 아동문학인의 사명은 자명하다.

- 12호 정채봉

- 글쓰기란 천천히 서둘지 말고 한 걸음 한 걸음 걸어가듯 해야 하지 않을까? 아득히 먼 길을 바라보며 평생의 작업으로.
우리들의 문학은 간절한 꿈에 의해 이루어진다고 생각한다.

- 13호 신지식

- 이 시대의 사랑받던 동화작가 정채봉 선생이 새해 벽두 눈 내리던 날 세상을 떠났습니다. 그의 죽음은, 어쩌면 오늘의 동화작가들에게 어떤 강한 메시지를 던져주기 위한 '정신적 분신자살'이 아닐까 하는 생각이 듭니다. 진실로 몸을 던지고 혼을 불살라 참 동화를 지키고, 동화 문학을 꽃피우도록 하라는 권면의 소리가 귀에 쟁쟁 들립니다.

- 15호 김병규

- 시는 나의 삶의 최상위 개념이었습니다. 시를 생활 아래나 동등 개념으로 놓기가 싫었습니다. 요즘도 후배들이나 시를 배우려

는 지망생에게 말할 기회가 오면, 시를 최소한 생활 동등 개념에
라도 놓고 쓰라고 부탁합니다.

- 16호 박두순

- 모든 문학이 그러하듯 미학이 배제된 글은 글이 아니다. 우리
들의 고통과 절망은 우수마발(牛溲馬勃)이 냄새나는 물건으로 그
쳐서는 안 된다는 데에 있다. 그것들에게 생명을 불어넣어야하는
피를 말리는 일 말석에 내가 앉아 있다. 요즘 들어 아동문학의 전
성기가 온 것 같다. 그러나 밝음과 어둠은 등짝이 맞붙은 괴물이
다. 어느 날 앞다투어 책을 사던 독자들이 태작(駄作)에 신물을
내고 등을 돌리지 말라는 법도 없을 것이다.

- 18호 손연자

- 아동문학은 축약·개작을 거쳐 창작에 이르렀으며, 이 세 가지
방법이 현재에도 공존하고 있다. 그런데 우리는 지금 창작에만 매
달려 있는 것이다.

우리는 한국 아동문학의 특성을 보여주기 위해서라도 고전과
전승 설화를 멀리 할 수 없다. 그것이 한국 아동문학의 바탕이 되
지 않는 다면 남의 목소리만 내게 된다.

- 20호 신현득

- 여전히 치열한 작가 정신을 지니고 있는 작가들도 있지만, 시류와 부추김에 휩쓸려 문학의 본질적인 면을 잊어버린 작가들이 참 많다는 생각이 든다. 작품 한 편을 발표할 때마다 철저한 자기 검열을 하느라고 밤을 새우고, 가슴 두근거리는 심정으로 문학적 평가를 기다리던 일은 이미 옛일이 되고 말았다.

- 22호 신형건

- 동화작가에게 드리는 글

동화작가들은 우리나라의 국력에 알맞은 소재를 찾아내어 형상화해 주기 바랍니다.

주제 면에서는 아이들에게 진실을 찾아 낼 수 있는 힘을 길러 주기를 바랍니다.

동화작가들에게 문학의 영역을 분명히 파악하기를 권합니다.

동화작가들이 격변하는 세상의 변화에 동조하기를 바랍니다.

- 23호 최명표

- 조용히 써라, 말하지 말고 써라. 제발 잠잠히 앉아서 글을 써라. 즉 쓰면서 말하고 쓰면서 웃고, 쓰면서 괴로워하고, 쓰면서 달리고, 쓰면서 잠자라. 제발 필요하지 않은 말은 하지 마라. 쓰지 못하고, 쓰지 않는 자가 말이 많은 법이다.

이제 그만, 너와 조용히 마주 앉아 네 소리를 듣고, 네 영혼의 호소에 귀 기울여라. 그리고 써라.

- 24호 노경실

- 기계로 글을 쓰면 나도 모르게 아주 길어져서요. 말이 많아지는 것이지요. 그래서 그런지 요즘 나오는 글에서는 소박하고 담백한 맛을 느끼기가 어렵습니다. 이현주 선생님의 '지극정성'이란 글은 글을 지극정성으로 쓰는 것도 참 중요하겠지만, 글 이전에 사람을 지극정성으로 대해야 한다는 말씀이라는 생각이 듭니다.

그동안 나는 비평 글을 쓴다고 너무 개념 언어에만 갇혀 있었습니다. 사람의 아픔을 머리로 안다고 하였지만 가슴으로 느끼지는 못한 것이지요.

사람을 지극정성으로 대하면 이 세상이 제대로 되지 않을 이유가 없겠더군요. 글쓰기도 저절로 되지 않을까 싶습니다.

- 25호 이재복

- 자신의 문학관이나 방법론을 펴고 옹호하는 일은 얼마든지 좋은 일입니다. 그러나 그것만이 전부인 양 다른 문학관이나 방법론을 무시하고 배척하는 일은 문제가 아닐 수 없습니다. 예술은 창의적인 작업으로서, 다양성을 전제로 할 때 무한한 생명력을 얻을 수 있습니다.

- 26호 문삼석

- 아동문학은 문학이다. 어른과 아이, 우리 모두 함께 읽는 문학이다. 성인 문학의 밑바탕이 되는 소중한 문학이다. 아동문학은 성인문학으로 가는 디딤돌이자 징검다리이기도 하다.

-27호 윤동재

- 책에 있어 글과 그림은 서로 보완관계를 이루어야 한다. 글로 나타내지 못하는 부분을 그림이 나타내어야 한다. 다시 말하면 화가는 행간을 읽을 수 있어야 한다는 것이다. 또 그림은 어린이에게 독서의 흥미를 유발하고 책을 읽는데 길라잡이 역할을 하여야 한다. 책에 있어 그림은 어린이를 문자의 세계로 끌어들이는 역할을 한다. 읽는데 아직 익숙하지 않은 어린이들에게 그림은 미지의 세계에 안내자가 되는 것이다.

- 28호 김원석

- 들린다고 믿는 사람에게만 들리는 소리. 이것이 나를 반성하게 만든다. 듣고자 귀를 기울이고, 보고자 눈을 새롭게 떠야만 하는데 나는 면밀하지 못하여 번번이 건성건성 건너다닌다. 사람의 이웃에는 사람만 있는 게 아니라는 걸 자꾸만 잊는다. 신비롭고도 가슴을 가득 채울 만한 상상력은 머리에서만 나오는 게 아닐 것이다. 주변을 얼마나 섬세하고 깊은 눈길로 바라봐야 나에게도 놀라운 소리가 들리고 놀라운 장면이 보일 것인가. 동화쓰기는 참으로

만만치 않은 일이라는 걸 새삼 또 깨닫는다.

- 31호 황선미

- 쓸데없는 군말로 작품 망가뜨리지 말고 깨끗하게 마무리 짓기! 그것이 어찌 글쓰기에만 적용되는 방편이겠습니까?

- 32호 이현주

- 〈어린이문학이 위기에 놓인 이유〉

1. 어린이문학 작가들의 창작의욕 상실

2. 문제의식이 없는 작품의 범람

3. 방향성의 상실

〈어린문학의 문제 해결 방안〉

1. 어린이문학에 대한 확신과 신념을 가져야 한다.

2. 작가들은 세상과 시대를 보는 안목을 가져야 한다.

3. 작가들이 자기 세계를 세워야 한다.

→ 열심히 쓰는 것도 중요하지만 무엇을 쓰고 어떤 관점에서 쓸 것인가를 더욱 중요하게 생각해야 한다.

4. 시대에 반항하는 일이다.

→ 어린이문학도 당연히 현 사회의 불합리성과 비인간적인 면을 알려 주고, 어린이들이 대처할 수 있는 지혜를 주는 것이 사명이다. 어린이문학가들이 잘못된 세상과 싸우고, 불의에 항거하는

용기를 가질 때 어린이 문학은 새로운 활력을 찾을 것이다.

5. 어린이문학 단체들의 복원과 활성화

→ 어린이문학을 하는 작가들 사이의 토론과 사회에 대한 인식의 공유가 이루어져야 한다.

- 35호 윤기현

- 문학이 우리 삶에 큰 양식이 되는 건, 문학은 너무나 흔한 진실들, 일상에 파묻혀 그 의미를 잊고 지내는 진실을 낯설게 보여줌으로써 그 진실의 의미를 새롭게 각인시켜 준다는 것이다.

'어린이문학 동네의 분위기는 작가가 좌우한다.' 우리 어린이문학 동네가 좋은 작품, 좋은 평론으로 넘쳐흐를 그날을 기대합니다.

- 36호 유영진

- 시와 동화, 즉 문학을 하는 이들은 멍청하게 보일 정도로 자신을 통제해야 한다. 보편적인 악을 넘어선 자기 관리와 점검을 하루도 게을리 해서는 안 된다. 그것은 또한 자기 양심에 대한 감시이다.

문학은 철학을 친구로 삼으며, 신학을 어머니로, 자기 양심을 아버지로 삼지 않는 한 보편적인 악과 천박한 풍요와 평안을 꾀하는 세상의 노예로 전락할 수밖에 없다.

- 38호 노경실

- 사회 현안을 동화로 다룰 때는 단지 아이들에게 박정한 현실을 가르치는 것에만 그쳐서는 안 될 것이다. 무엇보다도 이야기 자체를 통해 아이들이 자신의 힘을 믿을 수 있도록 나 역시 이 사회의 일원이고 내 문제는 내가 해결해야 한다는 뿌듯한 책임감을 느낄 수 있도록 해주는 게 중요하다.

- 39호 박숙경

- 사람의 마음속에 '동화'라는 이름을, 글 속에 자연의 이치가, 자연의 순리가 스며들어 있지 않으면 그것의 참맛이 없을 거라는 생각을 자꾸자꾸 해본다.

'두 손 안에 아무 것도 들어있지 않게 해 주소서. 쓰다듬고, 고치고, 매만지고, 그래도 정성껏 드리고 감사히 받는 손이 되게 하소서. 두 팔을 흔들고 두 다리로 걷는 자유로, 참다운 사람의 길을 걷게 해 주소서. 참다운 동화의 길을 걷게 해 주소서.'

- 49호 배익천

- 잊혀지는 일은 성장하는 독자를 둔 동화작가의 숙명 같은 것이다. 어린이는 자신이 읽은 이야기를 흡수하며 자란다. 이야기가 곧 어린이 자신이 되는 것이다.

기타무라 사토시 선생에게 요즘 어린이책 동네를 보는 소회를 물었다. 사토시 선생의 한 마디는 이런 것이었다.

"책은 점점 없어지고 가벼운 장난감만 늘어나고 있어요."

여기서 말하는 장난감이란 긍정적 의미의 놀잇감을 말하는 것이 아니었을 것이다. 책같지 않은 책에 대한 우회적인 표현이라고 받아들였다. 우리를 기억하지도 못할 만큼 온전히 우리 전체를 믿고 성장하는 어린 독자들에게 어떤 마음가짐으로 동화를 들려줄 것인가.

- 52호, 김지은

- 우리들에게 아동문학에 대한 어떤 편견 같은 것이 있지 않나 그런 생각을 해 봅니다. 글 쓰는 사람들 쪽에서도 있지만 잡지의 편집자, 출판업에 종사하는 이들에게까지 그 어떤 고정관념 같은 것이 있지 않나 싶은 생각이 그것입니다. 아동문학에 대한 책을 낼 때도 아예 이렇다, 이래야 한다, 하는 식으로 미리 틀을 정해놓고 시작하는 게 아닌가, 싶어요. 그러면서 작가들은 또 그 틀에 맞추어 글을 쓰려고 아등바등 하구요. 그러니 만날 고만고만한 도토리 키 재기 식, 다람쥐 쳇바퀴 도는 식의 작품만 나오는 게 아닌가, 싶어요.

우리 문단은 성인문학이든 아동문학이든 좀 활달해져야 한다고 생각합니다. 더 나아가 엉뚱해질 필요가 있다고 생각합니다. 기존의 그 어떤 틀이나 고정관념을 확 벗어던지고 전혀 색다른 눈을 가질 필요가 있습니다. 자기의 틀을 벗어 던져야 합니다. 자기가

이미 이룬 공적을 부정하고 새로운 고지를 향해 길을 떠나야 한다
고 봅니다.

- 53호, 나태주

- 어린이 문학이 궁극적으로 계몽의 담론, 희망의 담론으로 귀
환하거나 시작되어야 하지만, 그 귀환과 시작 모두가 풍부하고 정
교한 상상력을 통해 한층 문학의 옷을 입고 귀환하거나 시작되어
야 한다. 이것이 적어도 내가 생각하는 좋은 어린이문학의 귀감이
다. 그러자면 현실을 보는 정확한 시야, 어린 시절의 경험이 갖는
구체성과 보편성, 현재의 문학적 성취에 대한 정확한 이해 등 여
러 층위의 것들이 연결되어야 한다. 상상력의 도움으로. …그러니
어찌 이 땅의 시와 동화가 우리 어린이들의 삶에 대한 변혁과 질
곡에 대한 해방을 꿈꾸지 않을 수 있으랴.

- 55호, 김상욱

- 무릇 글을 쓰는 시인과 작가는 그가 창작하는 작품도 높은 문
학성을 유지해야 하지만, 글을 쓰는 작가로서의 자세 역시 높은
격조를 반드시 유지해야 할 것이다. 즉, 글과 사람이 일치해야 된
다는 뜻이다. 글은 좋은데 사람은 그렇지 않은 경우는 가장 경계
해야 하는 경우이다. 차라리 글은 시원찮아도 사람이 좋은 경우가
오히려 나을 것이다. 글도 좋고 사람도 좋은 경우가 가장 바람직

한 도덕률이다. 그리고 작가는 작품 쓰는 일 이외에는 딴 생각을 품지 말아야 하고, 오로지 작품만으로 자신을 얘기해야 하는 것이다.

글을 쓰는 작가 역시 번잡한 세속과 인간 관계에서 초연해져야만이 좋은 작품을 빚어낼 수 있는 것이다. 그러므로 작가는 가끔한 번씩 스스로를 외로움 한가운데 놓고 절대 고독을 느껴 봐야할 것이다. 그런 절대 고독 속에서만 자신을 객관화시켜 놓고 진정한 성찰을 할 수 있는 것이다.

누군가는 많은 작품을 써 봐야 그 중에서 좋은 작품 하나를 얻을수 있다고도 하지만, 실은 많이 쓰는 것보다는 하나를 써도 제대로 된 작품을 쓰는 것이 창작의 옳은 태도이다.

- 58호, 김문홍

- 사실, 요즘 위태로워 보이는 건 청소년보다 청소년 문학의 작품성이다. 요즘 청소년들의 모습을 그렸다지만 거개가 피상적인 청소년 상을 보여주고 있으며 작품의 언어 또한 거칠어 두고두고 음미할 만한 것이 별로 없기 때문이다.

시는 생각만으로 되지 않고 말로 표현되어야 한다. 어떤 현상을보고 떠오르는 수많은 생각 가운데 대상과 상황에 들어맞는 언어를 고르는 기초 과정을 거치고, 이어 몸 밖으로 내민 언어를 다듬고 또 다듬어야 마침내 시가 되는 것이다.

다듬다 보면 시인의 생각이 언어에 실린다. 시인은 생각만으로 세계를 구성하는 게 아니라 언어로 세계를 구성하기 때문이다, 청소년 문학을 하는 작가들이 새겨들어야 할 말이다. 그런 차원에서 볼작시면 청소년 문학가들은 요즘 청소년들의 삶을 안다고 자만해서도 안 되고 자신만의 언어를 갖추는 일이 더 급선무다.

- 60호, 박상률

- 글을 쓰는 작가와 시인은 평생 책을 읽어야 하는 숙명을 타고 난 사람입니다. 천재적인 재능을 타고 나지 않은 한 작가는 끝없이 독서해야 하는 사람입니다. 작가에게 책은 공기와 같은 것으로 책을 끼고 살며 작가 체질을 유지하는 것입니다.

동화만 읽어서는 절대 좋은 동화작가가 될 수 없고 동시만 읽어서도 좋은 동시를 계속해서 쓸 수 없습니다.

작가는 늘 깨어 고민하고 스스로 고독해지는 길에 들어선 사람들입니다. 그것을 즐길때 작품은 쓰여질 것입니다. 부디 자중자애하면서 고공의 준산준령을 잘 넘어가시기 바랍니다.

- 75호, 송재찬

- 아동문학인이 해야 할 일은 독자들에게 문학의 향기를 전할 수 있는 좋은 작품을 창작해 내는 일일 것이다. 누가 내 작품을 아이들에게 읽어 줬을 때 아이들이 감동스러워 한다면 그게 문학의 향기가 아니겠는가?

문학의 향기가 곧 세상을 향기롭게 물들이는 튼튼한 원동력이 될 수 있어야 한다.

- 76호, 노원호

- 그 나라 말을 오래 보존하는 길은 오직 한 가지 그 나라 문학을 높은 수준에 올리는 것이다.

또 하나 우리나라 말을 후세에 이어가게 하는 방법은 좋은 아동 문학 작품을 남기는 일이다.

- 77호, 서석규

- 작가는 주제를 말하는 사람이 아니다. 오히려 주제를 말하지 않으면서 주제를 전하는 사람이다. 이것을 막대솜사탕에 비유하면, 막대는 작가가 전하고자 하는 주제가 될 것이고, 솜사탕은 그 주제를 전하기 위한 묘사가 될 것이다. 묘사가 잘 된 동화 한 편을 재미있게 읽고 나면, 마지막에 작품의 의미를 발견하게 되는 이치다. 그러므로 주제가 노골적인 작품은 막대가 휑하게 드러난 솜사탕이 되고 만다.

기존에 이미 다양한 주제의 동화가 발표된 만큼 작품에서 주제를 새롭게 하기는 쉽지 않다. 그러나 비슷한 주제의 이야기를 무슨 소재 혹은 어떠한 형태로 말하는가에 따라서 전달력은 크게 달라진다. '참신한가?'라는 요구에서 벗어날 수 없는 신인 작가라면 더욱이 소재와 형태에 새로움을 부여해야 한다. 그리고 그 새로움은 자연스러워야 한다.

"좋은 작품을 골라내는 일은 결국 흠이 있다고 생각되는 작품을 내려놓은 일이다." 이것은 이야기의 흐름이 부자연스러운 작품을 내려놓는 일과 다르지 않다.

작가에게 절실한 이야기여야 독자에게도 절실하게 다가간다. 해도 그만 안 해도 그만인 이야기에 귀를 기울일 만큼 독자들은 한가하지 않다.

개성 있는 작가는 그만의 브랜드를 가진다. 그리하여 쉽게 무너지지 않는다. 바로 새로운 '무엇'이 있기 때문이다.

참신하고 재미있게 쓰기 위해서는 무엇보다 읽기가 우선시 되어야 한다. 좋은 작품을 무조건 많이 읽어야 한다. 그리고 가끔 졸렬한 작품을 읽는 것도 좋다. 그것은 글을 쓸 때 피해가야 할 사항들을 지적해준다.

좋은 글을 쓰려면 장르를 불문하고 읽기에 몰두해야 한다. 읽지 않는 작가의 미래는 어둡다. 작품을 쓰기 위해 책을 읽는 것이 아니라, 책을 읽음으로써 작품을 쓸 수 있게 되기 때문이다.

따라서 글을 많이 읽고 그것을 역으로 분석하는 것은 창작하는 데 도움이 된다. 본받고 싶은 작품을 따라 써보는 것도 좋은 습작 방법 중 하나다. 이때 창작과 모방을 구분해야한다. '미숙한 시인은 모방하고 성숙한 시인은 훔친다.'라는 말이 있지 않은가? 꾸준히 베껴 쓰고 필사하다 보면 자신만의 창작 방법을 모색할 수 있을 것이다.

그리하여 완성된 작품은 끊임없이 고쳐지기 마련이다. 기성 작가나 원로 작가조차 자신의 작품에 만족하는 작가는 흔치 않다. 진정한 작품은 시간을 두고 고민할 때 완성된다.

-79호, 신정아

광고 협찬처

가문비어린이 / 계림 /계수나무 / 교원 / 교학사 / 국민서관 /꿈소담이 / 달리 / 담터미디어 / 대교문화재단 / 대교출판 / 대산문화재단 / 도토리출판사 / 리딩게이트 / 문공사 / 문원 / 문학과지성사 / 문학동네 / 바람의아이들 / 봄봄 / 비룡소 / 사계절 / 산하 /삼성자동차 / 삼성중공업 / 수인약품 / 시공주니어 / 양철북 / 예림당 / 웅진주니어 / 유한킴벌리 / 은하수미디어 / 이레 / 주니어김영사 / 창비 / 청개구리 /청동거울 / 청어람미디어 / 파랑새어린이 / 푸른책들 / 학연사 / 한국방송공사 / 해와나무 / 현대리바트 / 현대자동차 / 현암사 /홍진 / 효리원 (가나다 순)

감사, 감사합니다!

　우선, 정기독자 가운데 연 구독료(5만원) 포함 매년 10만원씩 불입하는 분이 여러분입니다. 그런가하면, 몇 분이 20만원, 30만원, 50만원(40만원은 없다)을 틀림없이 넣어 주십니다. 후원금이지요. 때문에 여자 대통령 재임 시 무슨 까닭인지도 모른 채 《시와 동화》가 블랙리스트에 올랐을 때도 용기를 잃지 않고 이겨낼 수 있었습니다.

　한번은 인쇄비가 모자라 어떤 분에게 100만원을 꾸어 썼는데, 얼마 후 광고료가 입금되어 돌려드렸더니 아니라고, 후원금이라고 손사래를 치며 도망치셨습니다. 어떤 어른은 어느 날 점심을 먹자기에 아내와 함께 나갔더니, 음식을 받아 놓고 무척이나 어려운 이야기를 꺼내려는 듯 망설이더니 마침내 봉투를 꺼내 놓으며 얼마 안 된다고 오히려 미안해 어쩔 줄을 몰라 하셨습니다. 물론 적지 않은 금액이었습니다(이번에도 100만원이었어요).

그리고 지난해 코로나 19로 인해 인사동 공부방 대면수업이 줄면서 사무실 임대료가 문제로 떠올랐을 때, 다시 구원자가 나타났습니다. 아주 열심히 사는 분인데, 매월 청구서만 보내면 해결됩니다. 이분 또한 내가 부담을 느낄까 염려돼서 쉽게 말을 꺼내기 어려웠다면서 오히려 송구스러워 했습니다.

그리고 또 한 가지!

최근 부천에서 개설해 준 〈동화아카데미〉 수강생 가운데 한 어머님은, 매월 10만원씩 통장에 넣어주시며 날더러 '사부님'이라 부른 답니다.

그리고 또 한 가지.

수년 전, 감리교본부에서 목회자 글쓰기 강습회 강사로 초대된 적이 있습니다. 여름이었는데, 장소가 강릉이고 4박 5일간이었습니다.

"며칠 지내려면 청바지 하나 사 입고 가세요."

아내가 말했습니다. 곁에서 아들이 청바지는 '리바이스'가 좋다고 말했습니다. 나는 청바지 종류를 잘 모르기 때문에 아들과 동행, 우선 은행에 들러 바지 값을 인출하는데, 바로 그 전날 1,000만원이 입금되어 있었습니다. 나는 그 무렵 마이너스 통장을 사용하고 있었는데, 그렇게 큰돈을 입금한 분이 누군지 나는 지금도 알지 못합니다. 당시, 그 돈으로는 도저히 13만 원짜리 리바이스를 살 수 없어 3만 2천원 주고 '잠뱅이'라는 청바지를 사들고 왔던 기억이 있습니다.

아참! 다음날 700원짜리 우표가 붙은 편지 한 통이 배달됐는데, "너무 많은 걸 알려고 하지 말라"고, 발신자 주소도 없고 이름도 적지 않은 편지는 그 당시 쓰던 '공병우타자기'로 친 것이어서 필적도 알 수가 없었습니다. 나는 그 후로 비싼 음식을 사먹지 못하고 비싼 운동화도 산 적이 없습니다. 누군가 뒤에서 지켜보는 것 같아서요.

창간 10주년 행사 때, 이현주 목사가 "《시와 동화》는 강정규 잡지가 아닙니다."라고 한 말씀은 옳았다고 생각합니다. 솔직히 당시는 좀 서운했지요. 그런데 지나며 생각하니 백번 지당한 말씀이었어요.

마더 테레사가 자기는 하느님의 몽당연필이라고 했다지요?

나야말로 그분의 머슴이 아닌가 싶어요. 애당초 뭐 가진 게 있었나요? 빈손이었는데요.

다음은 《시와 동화》 창간 20주년을 맞아 선배 한 분이 보내온 축사입니다.

우리들의 상수리나무
-《시와 동화》스무 돌을 축하하며

베아트릭스 포터(1866-1943; 영국의 유명한 여류 동화작가)의 동화를 읽고 다람쥐는 머리가 나쁘다는 것을 알고 조금 실망했다. 행동이 민첩하여 이리저리 잘 달리고 조르르 높은 나뭇가지 꼭대기까지 쉽게 올라 열매도 따먹고 가져가기 위해 가지를 흔들어 떨어뜨리는 행동을 볼 때마다 영리하고 똑똑한 동물이라 생각하고 있었기 때문이다.

포터 작품으로 보통 토끼 주인공의 피터 래빗 이야기를 대표작으로 들지만, 20여 권의 동물 시리즈 속에 나오는 여러 동물들 이야기는 각각 특색이 있어 다 재미있다. 동물들의 습성을 세밀히 파악해서 아주 적절한 사건으로 구성한 그의 동화를 읽고 있으면 어느덧 동심에 빠져 행복해진다. 그 중에서도 내가 좋아하는 동화가 다람쥐 티미팁토스 이야기이다.

여름의 끝자락이 되면 시골길이나 야산에 다람쥐들이 유난히 많이 나타나는 이유도 그 이야기를 읽고 알았다. 그 무렵이 되면 다람쥐들은 이리 뛰고 저리 뛰고 몹시 바빠진다. 그것은 다가오는 겨울에 먹을 양식을 마련해야하기 때문이라 한다. 그리고 그 양식을 저장하기 위해 여기저기 땅을 파는데 다른 다람쥐들에게 들켜 빼앗길까봐 깊이 파묻어야 한다.

그런데 재미있는 것은 그렇게 열심히 파서 감추어 둔 장소를 찾지 못해 여기저기 또 파헤치다가 다른 다람쥐가 묻어놓은 양식무더기를 발견하는 행운도 만난다. 그러나 대박의 기쁨은 잠시, 그걸 묻은 다람쥐가 나타나 심한 쟁탈전이 벌어진다. 사실은 그 다람쥐도 자기가 묻었는지 아닌지도 모르면서 눈앞에 나타난 먹이만 보고 찍찍거리며 사납게 싸운다.

베아트릭스 포터는 일찍이 외딴 시골 야산을 구해 집을 짓고 그곳에서 동물들과 함께 살면서 동화를 썼을 뿐 아니라 손수 삽화를 그려 많은 동물 작품을 출판했다. 읽을 때마다 그 다람쥐들의 실패담이 재미있어 웃다보면 번번이 동물의 이야기라는 것을 잊게 된다. 꼭 우리 인간들의 실패담 같기 때문이다.

여러 해 전 이야기다. 여행길에 들러 한 여름을 지낸 그 집은 6백여 평 넓은 마당 한가운데 있었다. 그리고 마당 가득히 무성한 가지가지 나무들…… 그러나 80년은 넘었을 거라는 그 집은 많이

후락해 있었다. 집주인들도 이젠 집과 함께 늙어 손길이 닿지 않아 마당은 잡초만이 무성한 자연 그대로의 허허벌판이었다.

사시사철 철따라 꽃이 피고 자두 살구 포도가 열려 맛있게 따먹었던 옛이야기를 하며 마당의 황폐함을 변명하는 주인의 말을 들으면서 나는 다른 생각을 하고 있었다. 책임 없는 나그네여서 일까. 그 황폐함이 오히려 자연스러워 마음 편했기 때문이다. 그들역시 나와 같았을 것이다. 그래서 새벽마다 노루 식구도 살그머니 나타나 새순을 따먹다 가고, 파랑새는 온종일 포도송이 언저리에서 지저귀고, 겁 없이 드나드는 다람쥐의 행렬. 염치없는 그들은 사람이 있어도 제 집 마당이다. 찍찍거리고 그 작은 눈을 굴리며 먹이를 찾아다닌다. 호두 도토리를 발견하면 입에 물고 앞발로 보듬어 안고 또 뭔가를 찾아 헤맨다. 묻어 둘 흙을 찾는 것이다. 찾다 찾다가 꽃이 진 화분 속에까지 묻는 바보 다람쥐! 그들 때문에 마당 한 구석 화분들은 죄다 엎어지고 흙이 쏟아져 엉망이다.

"그런 데다 묻으면 어떡하니! 바보, 바보야!"

내 소리에 놀라 소중한 도토리도 잊고 달아나버리는 한심한 다람쥐. 쏟아진 화분흙을 쓸어 모아 담고 놓고 간 도토리를 그 속에 잘 묻어주면서 주인할머니가 웃으며 말한다.

"그래도 여기서도 어떤 건 싹이 나와요. 옛날에 내가 심어준 게 바로 저 나무야. 그러니까 엄마 다람쥐가 심은 나무지……."

옆집과 이 집 사이에 서 있는 우람한 상수리나무를 가리킨다.

살찐 열매가 가장 많이 열려있는, 이 마당에서 가장 젊고 야들야들 윤이 흐르는 잎이 무성한 상수리나무였다.

믿을 수 없어 나는 나무를 쳐다보며 바보처럼 멍하니 서 있었다. 꽃밭을 손질하다 빈 화분에서 발견한 노란 새싹 뿌리엔 도토리 반쪽이 아직도 매달려 있었다. 그 떡잎을 재미삼아 심은 지 그럭저럭 30년은 되었을 거라는 이야기였다. 모든 나무들이 늙어 힘을 잃어가고 있는 이 마당에서 지금 그 나무는 씩씩한 보물나무가 되어 있었다.

언제 가도 양식을 얻을 수 있는 나무. 그래서 너희들은 지금 신나게 오르내리고 있지만 상상해본 적이 있니? 이 나무가 옛날 옛적 한 엄마 다람쥐가 가족들의 겨울 양식으로 화분에 감춰 두었던 한 알의 열매였다는 것을⋯⋯. 아마도 그 엄마는 자기가 화분 속에 묻은 도토리를 찾지 못했을 거다. 머리가 나쁘다는 다람쥐니까. 그래서 그 겨울 가족들은 굶주렸을까 바보 엄마 때문에?

다람쥐 대신 생각의 꼬리를 이어가며 동화를 그려가던 나의 머릿속 상상의 줄이 갑자기 뚝 끊어졌다. 그리고 번쩍 바뀐 새 영상은 바보가 아닌 속 깊은 엄마 다람쥐의 모습이었다. 이상한 감동이었다.

아니지! 그래, 그 엄마는 바보가 아니었어. 너희들에게 이렇게 많은 열매가 열리는 나무를 남겨주었는데 왜 바보야? 약간의 건망증은 있었겠지만 바보는 아니지. 미안하다 다람쥐야! 이젠 바보라고 하지 않을게.

감동은 흐뭇한 즐거움이 되어 다시 나무를 우러러 보니 그들의 행렬도 아까보다 뜸해져 있었다. 아마 저녁때가 되어서인 모양이다.

《시와 동화》가 9월이면 스무 돌 생일이라 한다. 나도 다람쥐 못지않은 건망증이 있어서인지 세월도 잊고 살아왔던 것 같다. 새삼 놀라 더듬어 보니 3주년 축하 여름 호에 꿈 이야기를 썼던 기억이 난다. 그러니까 2000년 9월 그날부터 어느 사이에 17년이 흘러간 것이다. 잡지를 만들어 내기에는 여러 가지로 열악한 환경에서 출발한 《시와 동화》가 매호 나올 때마다 아슬아슬한 고비를 넘어야 했음을 우린 잘 알고 있다.

그러나 발행자의 꿈은 끈질겼다. 아무 뒷받침 없는 세월에 최초의 꿈만 싣고 오로지 좋은 잡지를 만들어야 한다는 사명감 하나로 20년 동안 끊어짐 없이 발행해주었다.

어린이들에게 영원한 꿈을 심어주는 아름다운 글을 담을 수 있는 잡지. 뿌리 깊은 역사와 품격을 갖춘 아동지가 있었으면 하는 소원은 우리 아동문학가 모두의 꿈이었다. 그것을 알기에 발행자의 꿈은 더 무거워져서 큰 짐이 되었을 것이다.

나의 생애는 대단히 사건이 많은 행복한 일생이었다. 그것은 마치 한 편의 사랑스러운 옛이야기이다…… (중략)_안데르센 우리 모두가 좋아하는 안데르센 자서전의 첫 구절이다. 어린 시절 나의 가슴에 꿈나무를 심어준 안데르센은 가난한 구두 수선공의 아들로 태어난 어린 시절부터 파란만장한 고난 연속의 삶을 살다간 작가이다.

기쁠 때나 슬플 때나 나는 안데르센의 동화를 읽고 또 읽으며 어른이 되었고, 이 나이가 되었는데도 쓸쓸한 때면 그의 작품에서 위로받고 힘을 얻는 것은 아마도 나만이 아닐 것이다. 대단히 많았다는 힘든 사건들을 다 아름다운 동화로 승화시켜 수많은 작품을 남긴 안데르센. 그래서 그의 자서전 첫머리에 쓴 '행복' 이야기는 우리들에게 희망과 큰 긍지를 갖게 해준다.

그 마당의 상수리나무를 회상해본다. 지금은 더 자라서 열매도 더 많이 열렸겠지. 꼬리 긴 다람쥐들은 여전히 줄지어 오르내리고 있겠지만 내가 본 그때의 다람쥐들은 아닐 거야. 벌써 여러 해가 지났으니까. 그래도 여기저기 찾아다니며 땅을 파고 있겠지 싸우면서. 넉넉한 양식이 잔뜩 달린 상수리나무가 바로 곁에 있는데도.

《시와 동화》는 우리들의 상수리나무다. 20년 어른이 된 《시와 동화》 상수리나무에도 열매가 푸짐하게 열렸다. 그동안 다람쥐처럼 나무 둘레에 모여든 꿈 많은 사람들이 쓰고 또 쓰고 읽고 또 읽으며 가꾸었기 때문이다.

이제 우리도 뿌리 깊은 나무 《시와 동화》를 가지게 되었으니 참으로 기쁘고 자랑스럽다.

축하합니다, 축하합니다!

2017년 7월 24일

다시 먼 날을 꿈꾸며. 신지식